KB184166

유키시로 아리사
크리스마스에, 좋아하는 사람과,
박으로, 유원지.
……즐겁지 않은 사람, 있겠어요?
아리사는 그 자리에서
빙글 돌며 양팔을 벌렸다.
맞선 보고 싶지 않아서
억지스러운 조건을 달았더니
동급생이 온 일에 대해서
7

배, 밸런타인 초콜릿이에요…….
드, 드세요.

아리사…… 파마 화살 살 거야?
방에 둘까 해서요…….
아리사는 기쁜 듯 파마 화살을 바라보고 있었다.

……벗겨주지 않겠어요?

# 맞선 보고 싶지 않아서 억지스러운 조건을 달았더니 동급생이 온 일에 대해서

7

사쿠라기사쿠라

일러스트 clear

story by sakuragisakura
illustration by clear

커버 및 본문 일러스트_ Clear

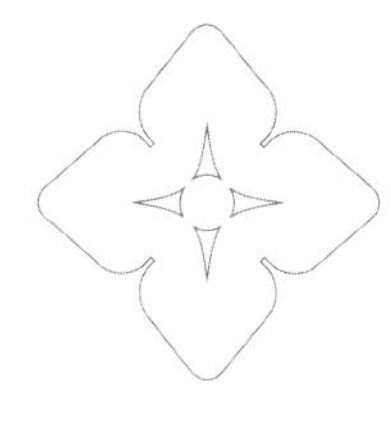

# Contents

story by sakuragisakura
illustration by clear
designed by AFTERGLOW

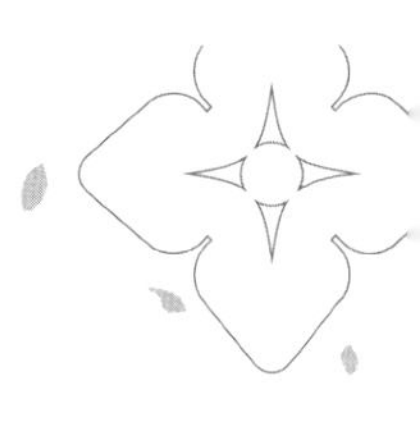

## 제1장 약혼자와의 크리스마스

12월 하순의 어느 날.

"유즈루 씨, 유즈루 씨. 그거, 다시 한 번 말해줄래요?"

"……그거? 그거라니 뭐 말이야?"

커플이 알콩달콩하고 있었다.

"수학여행 가서 말해준 그거요."

그렇게 말한 것은 아마포색 머리카락에 비취색 눈동자의 소녀였다.

계절상 두꺼운 옷을 입고 있어서 알아보기는 힘들지만 굴곡이 뚜렷한 스타일이었다.

"어……? 어어…… 아니, 미안해. 무슨 이야기였더라?"

소녀에게 그렇게 대답한 것은 흑발에 푸른 눈동자의 소년이었다.

동년배와 비교해서 어른스러운 얼굴과 차분한 분위기가 특징적이었다.

"그게…… 첫날밤에 말해줬잖아요."

소녀── 유키시로 아리사는 소년── 타카세가와 유즈루의 소매를 붙잡고 가볍게 잡아당겼다.

그 동작은 어린아이가 부모에게 장난감을 조르는 모습

과 닮았다.
한편 유즈루는 부끄러운 듯 어렴풋이 얼굴을 붉히며 고개를 돌렸다.
"아, 아니…… 기억이 잘 안 난다고 할까."
"……정말로 잊어버렸나요?"
"그, 글쎄……."
"훌쩍……."
아리사는 너무나도 슬픈 표정을 짓고 고개를 숙였다.
그런 약혼자의 표정과 태도에 유즈루는 황급히 고개를 가로저었다.
"아니, 미안해. 거짓말이야, 기억하고 있어."
"그럼 말해줘요."
"어, 어어…… 꼭 말을, 해야 해?"
"……역시, 잊어버렸나요?"
아리사는 유즈루는 올려다보며 물었다.
유즈루는 체념했는지 한숨을 내쉬었다.
"네가 약혼자라서 정말 좋아. 너라는 진심으로 좋다고 할 수 있는 사람과 만날 수 있었던 게 행운이야. 그런 너와 결혼할 수 있는 입장이라 기쁘다고 생각해."
수줍은 듯 뺨을 긁적이며 유즈루는 그렇게 대답했다.
그러자 아리사는 기쁜 듯 뺨이 풀어졌다.
"에헤헤."
"……만족했어?"

"그러네요. 하지만…… 그때는 좀 더 길고, 마음이 담겨 있었던 것 같아요."

"아니, 아무리 그대로 전문은 기억 못 하니까……."

조금 다르다.

그런 클레임에 유즈루는 곤란하다는 표정을 지었다.

"하지만 마음이 담긴 정도는 전혀, 다르다고요? 아까는 조금 책 읽기였어요."

"이거, 몇 번째라고 생각해?"

"아직 다섯 번째예요."

"아직, 이 아니야. 다섯 번이나, 라고."

아무래도 유즈루의 진심이 담긴 고백은 아리사에게는 무척 기쁘고, 그리고 마음에 와닿는 부분이 있었나 보다.

수학여행이 끝난 뒤에도 거듭 같은 것을 요구했다.

유즈루로서는 부끄러운 말이기도 했기에 몇 번이나 입에 담고 싶지는 않았지만…….

소중한 약혼자가 귀엽게 부탁하고 슬퍼하는 표정을 지으면 거스를 수가 없었다.

그래서 몇 번이고 계속 되풀이해서 같은 사랑의 고백을 아리사에게 전하고, 그리고 횟수를 거듭할수록 짧아지며 책 읽기가 되고 있었다.

"횟수가 조금 늘어난 정도로 옅어질 말이었나요?"

"응, 뭐, 애당초 조금이 아니지만."

"조금이 아니라고 해도…… 옅어져 버리나요?"

"아니, 딱히 너를 향한 마음은 옅어지지 않았는데? 매번, 말에 같은 정도의 힘을 싣는 건 아무리 그래도 무리가 있으니까……."

그 말에 거짓은 없었다.

아리사를 향한 마음은 변하지 않는다.

하지만 처음과 같은 느낌으로 같은 말을 몇 번이나 반복하는 것은 어렵다.

그렇게 변명하는 유즈루를 보고 아리사는 웃었다.

"그런 식으로 말하면서…… 사실은 부끄러운 것뿐이죠?"

"……알고 있다면 몇 번이고 같은 말을 시키진 말아 줄래?"

정곡을 찔린 유즈루는 미간을 찌푸리고 기분 나쁘다는 목소리로 말하더니 또다시 홱 고개를 돌려버렸다.

아리사는 그런 유즈루의 어깨를 흔들었다.

"토라지지 말아요. ……알겠죠?"

"딱히 그런 거 아니니까."

"그럼, 이쪽을 봐요."

"……."

유즈루는 떨떠름한 태도로 천천히 돌아봤다.

그러자 아리사의 손가락이 유즈루의 뺨을 찔렀다.

조금 놀랐는지 유즈루는 눈을 크게 떴다.

그런 유즈루의 반응이 재미있었는지 아리사는 즐겁게 웃었다.

"장난, 성공이에요."

"……."

당연하지만 이 정도 장난으로 화낼 만큼 유즈루의 그릇은 작지 않다.

그렇지만 놀림을 당하고도 그냥 넘어갈 만큼, 당하기만 하는 타입도 아니었다.

무언가 비아냥거리는 말이라도 하나 해주겠다고, 유즈루는 지혜를 짜냈다.

"……초등학생 같은 장난이야."

"그게 뭔가요. 제가 초등학생 수준이라 그러고 싶은 건가요?"

"장난의 수준이 그래. 어…… 아니, 같은 장난을 몇 번이고 반복하는 것도 초등학생 정도일까?"

유즈루의 말에 조금 전까지 기분 좋던 아리사의 표정이 험악해졌다.

고등학생이나 되어서 '초등학생 수준'이라고 야유를 당하는 것은 역시나 화가 나나 보다.

그런 아리사에게 유즈루는 더더욱 계속 말했다.

"주사를 못 맞는 건 유치원생 수준이야."

"맞으니까요. 맞았다고요? 같이 갔잖아요?"

이제 주사는 극복했다.

그렇게 주장하는 아리사에게 유즈루는 크게 고개를 가로저었다.

"그건 보통이니까. 주사 하나로 요란을 떠는 건 초등학교 저학년 수준.”

“그건 말이 좀 지나친 거 아닌가요?”

아리사는 미간을 찌푸리고 눈을 추어올렸다.

그런 아리사에게 유즈루는 어깨를 으쓱였다.

“그렇게 생각한다면 초등학생 같은 일은 안 해야 하지 않을까?”

“……어른스러운 장난을 친다면 된다는 건가요?”

“아니, 애당초 장난을…….”

유즈루는 마지막까지 말을 꺼내지 못했다.

아리사의 입술이 유즈루의 입술을 덮었으니까.

“이것도, 초등학생 수준인가요?”

아리사는 살짝 붉어진 얼굴로 유즈루에게 물었다.

유즈루 역시도 붉어진 얼굴을 가로저었다.

“아니, 지금 그건…… 어른스러워.”

“그건 잘됐네요.”

아리사는 기쁜 듯 미소 지었다.

당한 유즈루는 뺨을 긁적였다.

“오늘은 정말로…… 즐거워 보이네.”

“당연하죠.”

아리사는 끄덕이더니 그 자리에서 빙글 돌며 양팔을 벌렸다.

“크리스마스에, 좋아하는 사람과, 1박으로, 유원지. ……즐겁지 않은 사람, 있겠어요?”

아리사의 물음에 유즈루는 크게 고개를 가로저었다.
"아니, 네 말 그대로야."
그렇다, 오늘은 크리스마스.
그리고 두 사람이 있는 곳은 일본에서 가장 유명한 유원지였다.

※

"좀 지쳤어요……."
시각은 오후 한 시.
점심을 먹으려고 레스토랑으로 들어온 뒤, 아리사는 한숨과 함께 그리 중얼거렸다.
"그만큼 신이 났으니 말이지."
유즈루는 쓴웃음 지으며 말했다.
유원지에 들어온 뒤로는 물론, 유원지로 올 때까지…… 아니, 전날부터 아리사는 잔뜩 신이 나서 들떠 있었다.
지쳐버리는 것은 당연한 일.
오히려 체력이 참 좋다고 할 수 있을지도 모르겠다.
"초등학생 이후로 처음이니까…… 초등학생처럼 들떠서 즐겨버렸어요."
아리사는 부끄러운 듯 몸을 움츠렸다.
새삼스럽게 자신의 행동이 부끄럽다는 것을 깨달았나 보다.

"……그런가."

한편 유즈루는 아리사의 별것 아닌 말에 퍼뜩 놀랐다.

아리사의 부모님이 돌아가신 것은 그녀가 초등학생일 때.

그러니까 초등학생 이후로 유원지 같은 테마파크에 간 적은 없을 것이다.

신이 나는 것은 당연했다.

어린아이 같은 것이 아니라, 어릴 적에서 멈춰 있는 것이다.

"다음은 휴식도 겸해서, 느긋한 놀이기구로 할까."

아리사로서는 '오랜만에 유원지에 왔으니까, 유원지다운 놀이기구를 타고 싶다'라는 마음이 있을 것이다.

초반부터 움직임이 격렬한…… 떨어진다, 회전한다, 흔들린다, 빛난다, 소리 지른다는 느낌의 놀이기구만 선택하고 있었다.

유즈루도 그런 놀이기구 쪽을 좋아하니까 불만은 없었지만…….

역시나 연속으로 그런 놀이기구만 탄다면 육체적으로도 정신적으로도 지치고 만다.

"그렇, 군요……."

"……그런 건 별로야?"

유즈루의 제안에 아리사는 떨떠름한 표정을 지었다.

아리사의 이 반응은 유즈루로서는 조금 의외였다.

느긋이 차분하게 풍경이나 구경을 즐길 수 있을 법한 놀이기구는 여성에게 인기가 높다……고 멋대로 생각했으니까.

"아뇨, 그런 건 아닌데요……."

"조금 더 쉬고 싶다는 느낌?"

혹시 졸린 걸까?

유즈루는 그리 생각하며 아리사에게 물었다.

하지만 아리사는 고개를 가로저었다.

"그게, 줄 서는 게…… 좀 힘들어져서……."

"아아……."

당연하지만 놀이기구를 타려면 줄을 서야만 한다.

이것이 의외로 힘들다.

몇 시간이나 서 있기만 하는 것은 당연하고, 모르는 사람에게 둘러싸여 있는 것만으로도 정신적으로는 지쳐버리니까.

"그럼 퍼레이드라도 볼래?"

"그러네요. 그러죠……."

그런 대화를 나누는 사이, 요리가 나왔다.

아리사는 나온 요리를 끔벅끔벅하는 눈으로 본 다음, 툭하니 중얼거렸다.

"이런 양이랑 품질에 이 가격은……."

"그런 말은 하면 안 돼."

현실로 돌아가려 하는 아리사를 유즈루는 황급히 말렸다.

이렇게 아리사는 완전히 풀이 죽어버렸지만…….

"아! 봤어요?! 유즈루 씨!! 지금, 이쪽으로 손 흔들었어요!!"

퍼레이드를 볼 무렵에는 완전히 기운을 되찾아서, 인형 옷을 상대로 팔짝 뛰며 손을 흔들었다.

"어, 어어…… 응, 그러네."

기운을 되찾은 것은 기쁘다고 생각하면서도…….

잔뜩 신이 난 아리사가 조금 부끄러워지고 마는 유즈루였다.

※

"최악이에요…… 좀 더 밝을 때 탈 걸 그랬어요."

해도 지고 주위가 어두워졌을 무렵.

아리사는 유즈루의 팔을 붙잡으려 투덜거렸다.

"그러니까 그만두는 게 낫겠다고 했는데……."

유즈루는 자기 품에 안겨드는 아리사를 보고 어이없다는 표정으로 말했다.

마지막으로 호러 계열 놀이기구를 탄 뒤로, 아리사는 계속 이런 상태였다.

물론 괴물이 나오는, 유령이 나오는 놀이기구라는 사실은 타기 전부터 알고 있었다.

호러 계열인데 괜찮겠어?

사전에 유즈루가 그렇게 묻자 아리사는 자신만만하게 대답했다.

——호러라고 해도 아이들 대상이라고요? 그런 것에 겁

먹을 만큼 겁쟁이는 아니에요.
"……상상 이상이었어요."
아리사는 몸을 부르르 떨며 그렇게 대답했다.
유즈루의 입장에서는 호러라고 해도 아이들 대상의 대단하지 않은 내용이었지만, 아리사는 그보다도 더욱 레벨이 낮은 내용을 상상했나 보다.
어떤 따스한 내용을 상상했느냐고, 유즈루는 살짝 신경이 쓰였다.
"시간도 잘못 선택했어요. ……낮이라면 그 정도는 아니었을 것 같아요."
"……관계있나?"
"있어요. ……내일 갈 곳도 호러 계열, 이라고요? 밝을 때 타요."
이번에 두 사람은 호텔을 예약해서 1박으로 놀러왔다.
내일은 다른 한쪽 파크에 놀러 갈 예정이라, 그쪽은 그쪽대로 다른 놀이기구를 즐길 수 있다.
"질리지도 않는구나, 너는…… 말해두겠는데 내일 탈 게 아마도 무서운 정도는 더 위라고?"
"그, 그런가요? 그, 그건…… 기, 기대되네요!"
"목소리가 떨리는데. ……그만두는 게 어때?"
무섭다면 안 보면 된다.
유즈루도 반드시 타고 싶은 것은 아니니까 강요할 생각은 없다.

그보다는 오히려 이렇게나 겁먹을 정도라면 타지 않기를 바라는 것이 본심이었다.

"타보지 않고서는 알 수 없잖아요."

아리사는 호러에 약하다.

하지만 싫어하지는 않는지, 어찌 된 영문인지 무섭다는 것을 알면서도 보고 싶어 한다.

그리고 역시나 무서웠다면서 후회하는 경우가 태반이다.

"정말로 탈 생각이야?"

"당연하죠. 기왕 왔는데 타보지도 않고 돌아갈 수는 없어요."

"……참 모르겠네."

무서운 것을 타고 싶어 한다, 보고 싶어 한다.

아리사의 이 심리는 평생 이해할 수 없겠다고 유즈루는 고개를 갸웃거리는 것이었다.

※

"하아…… 다리가 막대기 같아요."

호텔에 도착해서 침대에 앉은 뒤, 아리사는 한숨과 함께 중얼거렸다.

슬리퍼를 벗고 긴 다리를 스스로 주물렀다.

"나도 지쳤어. ……빨리 씻고, 자버리자."

유즈루의 말에 아리사는 찬성이라는 듯 끄덕였다.

"누가 먼저 씻을까요?"

"먼저 씻고 싶어?"

"아뇨, 순서는 상관없어요. 가위바위보로 정할까요?"

순서를 다툴 정도의 일도 아니고, 그렇다고 서로 양보를 할 정도의 일도 아니다.

그렇게 생각한 두 사람은 재빨리 가위바위보로 순서를 정해버리기로 했다.

"그럼 먼저 씻도록 할게."

"그래요."

그리고 이긴 것은 유즈루였다.

유즈루는 침대에서 내려와 욕실로 향했다.

욕실은 이른바 유닛 배드였다.

유즈루는 물이 튀지 않도록 커튼을 치고 샤워기 수도꼭지를 돌렸다.

"아……."

그리고 몸을 씻으며 유즈루는 문득, 떠올랐다.

'……같이 들어가자고 권유하는 선택지도 있었나?'

평소라면 그런 소리는 못 하겠지만 오늘은 단둘만의 여행이다.

어쩌면 흐름과 기세로 함께 목욕할 수 있었을지도 모른다.

'아니, 조금 이른가…….'

하지만 그것은 아리사와 알몸으로 어울리는 것을 의미한다.

전라의 아리사와 함께 목욕하고서 태연할 수 있을 자신감은 유즈루에게는 없었다.

그런 생각을 하는 사이에 유즈루는 샤워를 마쳤다.

준비되어 있던 목욕 가운을 걸치고 물기를 닦으며 유즈루는 욕실에서 나왔다.

"기다렸지."

"빠르네요."

유즈루가 욕실에서 나오자 아리사는 바로 그를 맞이해주었다.

하지만 아리사는 어째선지 굳어버렸다.

그리고 당황한 기색으로 눈을 피했다.

"저기…… 왜 그래? 뭔가 이상해?"

평소와 다른 아리사의 태도에 유즈루는 당황했다.

무언가 보여서는 안 되는 것을 드러냈느냐며 조금 당황했다.

"아뇨…… 이상하진 않아요."

"그, 그래? ……그럼 어째서 눈을 피했어?"

이상하지 않다.

그렇게 말하는 아리사는 어째선지 유즈루와 눈을 마주치지 않았다.

하지만 유즈루가 집요하게 따지고 들자 체념한 듯 살짝 그를 향해 시선을 돌려주었다.

"조금 야하다고 생각해버려서……."

그렇게 대답하고 아리사는 부끄러운 듯 양손으로 얼굴을 덮었다.

한편 유즈루는 고개를 갸웃거렸다.

"그, 그런가……?"

유즈루는 스스로의 모습을 보고 '야하다' 같은 식으로 생각한 적은 없다.

그러니까 솔직히 납득할 수 없었지만, 그러나 나쁜 일은 아닌 모양이니까 일단 안심하기로 했다.

"저, 저는, 씻고 올게요!"

"어, 어어……."

그리고 아리사는 도망치듯 욕실로 향해버렸다.

따분해진 유즈루는 헤어드라이어로 머리를 말리거나, 텔레비전을 보거나 하면서 아리사를 기다렸다.

"……기다렸죠."

그다지 시간이 걸리지도 않고, 목욕 가운을 입은 아리사가 모습을 드러냈다.

하얀 피부는 어렴풋이 붉게 물들고, 그리고 아름다운 아마포색 머리카락은 젖어 있었다.

그 모습은 평소 이상으로 요염하게 보였다.

"왜 그러나요?"

"아니…… 아까 네 기분을 알 것 같아서."

"그, 그런가요."

유즈루의 말에 아리사는 부끄러운 듯 눈을 내리깔았다.

그리고 비취색 눈동자로 유즈루의 눈을 바라봤다.
"머리카락을 말리고 싶은데요……."
"어, 미안해. 난 끝났으니까."
유즈루는 헤어드라이어를 아리사에게 건네려고 했지만, 그러나 아리사는 고개를 가로저었다.
그리고 침대로 올라와서 유즈루 쪽으로 다가왔다.
"아, 아리사……?"
그리고 아리사는 유즈루의 눈앞에서 등을 돌리며 앉았다.
그러고는 뒤를 돌아봤다.
"말려주지 않겠어요?"
"그, 그렇구나!"
간신히 유즈루는 아리사의 의도를 이해했다.
헤어드라이어 전원을 켜고 아리사의 머리카락을 말리려……다가 손이 멈췄다.
"미안해. ……어떻게 하는지 가르쳐주지 않을래?"
아리사의 아름다운 아마포색 머리카락은 굳이 비교할 것까지도 없이, 유즈루의 머리카락보다도 훨씬 손질이 되어 있었다.
자신의 머리카락과 똑같이 취급할 수는 없었다.
"평범하게 말리기만 하면 되는데……."
"그런가…… 이상하다면 말해줘."
유즈루는 신중하게 아리사의 머리카락을 헤어드라이어로 말리기 시작했다.

손으로 모양을 가다듬으며 따듯한 바람을 댔다.
모양이 무너지지 않도록, 너무 뜨거워지지 않도록 세심하게 주의를 기울였다.
"좋은 느낌이에요."
유즈루의 걱정과는 달리 아리사는 기분 좋은 듯 말했다.
정신이 들자 아리사는 몸을 뒤로 눕히고 있었다.
릴랙스한 모습으로 체중을 유즈루에게 기댔다.
유즈루 역시도 작업에 익숙해지며 여유가 생겼다.
"그건 잘됐네."
목욕 가운에서 흘끗흘끗 엿보이는 하얀 계곡을 신경 쓰며 유즈루는 대답했다.
봐서는 안 된다.
들여다보려 해서는 안 된다.
그렇게 생각하면서도 역시나 신경이 쓰이고 만다.
'이렇게나 큰데…… 속옷 없이도 처지지 않는 걸까.'
목욕 가운 바깥으로도 아름다운 그 형태를 한눈에 알 수 있었다.
"응……."
그리고 어느샌가 아리사는 눈을 감아버렸다.
잠들어버린 듯했다.
이런 무방비한 모습을 보니 그만 장난을 치고 싶어졌다.
유즈루는 헤어드라이어를 끄고 옆에 놓았다.
그리고 아리사의 몸 앞으로 손을 뻗어 뒤쪽에서 끌어안

고, 귓가에 속삭였다.
“아리사, 끝났어.”
“……꺄!”
놀랐는지 아리사는 몸을 움찔 떨었다.
그리고 목을 뒤로 돌리고 눈을 끔벅거렸다.
“저, 잠들었나요……?”
“응.”
“그랬나요…… 미안해요.”
“아니, 신경 쓸 것 없어.”
유즈루는 그러면서 아리사의 목욕 가운을 가볍게 붙잡았다.
그리고 아리사 본인이 알아차리지 못한 사이에 흐트러져서 크게 열려버린 가슴께를 고쳐주었다.
“지, 직접 할 수 있으니까요…….”
아리사는 부끄러운 듯 얼굴을 붉히며 자세를 바로 했다.
그러고는 스르륵 유즈루의 품에서 빠져나가 마주봤다.
“슬슬 자도록 하죠.”
“그러네. ……나는 저쪽에서 옷을 갈아입고 올 테니까, 끝나면 가르쳐줘.”
유즈루는 침대에서 내려가더니 호텔의 잠옷과 자기 속옷을 가지고 욕실로 향했다.
목욕 가운을 벗고 속옷과 잠옷을 입었다.
“아리사, 끝났어?”

"……예, 끝났어요."
확인을 마친 뒤, 유즈루는 침실로 돌아갔다.
이미 아리사는 잠옷으로 갈아입고는 침대 위에 정좌한 자세로 기다리고 있었다.
"그럼 잘까."
"예."
유즈루는 침대 위로 올라와서 이불 안으로 들어갔다.
그리고 여전히 정좌한 자세로 굳어 있는 아리사에게 말을 건넸다.
"자, 들어와."
말할 필요도 없겠지만, 이 방의 침대는 트윈이 아니라 더블이었다.
그러니까 2인용으로 하나밖에 없었다.
"예. ……실례할게요."
유즈루의 재촉에 아리사는 얼른 침대 안으로 들어왔다.
그리고 긴장한 표정으로 가만히 유즈루의 얼굴을 바라봤다.
그런 아리사의 모습에 유즈루는 무심코 쓴웃음 지었다.
"그렇게까지 긴장할 건 없잖아."
침대는 트윈이 아니라, 더블로.
그것은 유즈루의 독단이 아니라 둘이서 결정한 일이었다.
처음부터 알고 있던 일이고, 애당초 둘이서 함께 자는 것은 이번이 처음도 아니었다.

"미, 미안해요. 그, 그만 두근두근해서…… 유즈루 씨는 안 그런가요?"
"아니, 나도 그렇기는 한데……."
아리사의 지적에 유즈루는 자신의 심장이 두근두근하는 것을 깨달았다.
자각하자 더더욱 긴장하고 말았다.
"……일단 불을 끄자. 어둡게 해도 괜찮아?"
"예. ……그 전에 그쪽으로 가도 될까요?"
"응."
유즈루가 대답하자 아리사는 그와 몸이 맞닿을 정도의 위치까지 다가왔다.
그리고 유즈루의 얼굴을 탐이 난다는 표정으로 바라봤다.
"그게, 유즈루 씨. 자기 전에……."
"잘 자."
유즈루는 그러더니 아리사의 입술에 자신의 입술을 겹쳐서, 아리사의 입을 막았다.
아리사는 한순간 눈을 크게 떴지만, 만족스럽다는 표정을 지었다.
"……잘 자요."
아리사가 그렇게 말하는 것을 확인한 뒤, 유즈루는 불빛을 껐다.
두 사람은 서로의 체온과 숨결을 느끼며 조용한 밤을 보냈다.

※

“와와, 굉장해……! 뭐든 골라도 되나요?”

“그야 뭐, 뷔페니까…….”

눈을 빛내는 아리사에게 유즈루는 쓴웃음 지으며 말했다.

유원지에 놀러 와서 이튿날.

그날 아침은 호텔 뷔페였다.

지극히 평범하고 일반적인, ‘호텔의 조식 뷔페’라면 상상할 법한 내용이었다.

이런 호텔의 ‘마음대로 먹는 방식’에 대해 설레는 감성은 유즈루도 가지고 있었기에 아리사의 기분은 아예 모를 것도 아니지만…….

그것을 바탕으로 생각해도 아리사의 반응은 살짝 과도하게 보였다.

마치 초등학생 같았다.

명백히 들뜬 아리사의 모습은 무척 흐뭇하고, 귀여웠다. 유즈루는 그렇게 생각했지만…….

“어릴 때 이후로 처음이에요!”

아리사의 그 말에 살짝 가슴이 아팠다.

그렇다고는 해도 아리사 본인은 분위기를 무겁게 하려고 꺼낸 발언은 아닐 것이다.

그 증거로 생글생글 미소를 짓고 있었다.

여기서 유즈루가 이상한 표정을 짓는 것은 정답이 아니다.

"그럼, 고르러 갈까."

"예!"

유즈루와 아리사는 접시를 손에 들고 줄에 섰다.

요리는 양식, 중일, 일식. 정통적인 구성으로 한바탕 갖추어져 있었다.

'역시 일본인이라면 일식…….'

쌀밥, 된장국, 생선구이, 달걀 프라이, 낫토, 김…….

유즈루는 처음에 그런 느낌으로 가져가자고 생각했다.

하지만 아리사가 소시지를 접시에 담는 것을 보고 생각을 바꾸었다.

이상하게 소시지가 먹고 싶어진 것이었다.

'아니, 양식으로 하자.'

유즈루는 소시지를 접시에 담았다.

그밖에도 오믈렛이나 콘스프 등으로 가져가자.

유즈루는 그런 계획을 세웠지만…….

아리사가 슈마이를 접시에 담는 것을 보고는 또다시 마음이 흔들리고 말았다.

'중식도 좋네…… 그보다도 아리사는 소시지랑 슈마이를 같이 먹을 생각일까.'

생각해 보면 딱히 통일해야만 한다는 규칙은 없다.

좋아하는 것, 먹고 싶은 것을 마음껏 담으면 되는 것이다.

"……좋아."

유즈루는 어렵게 생각하는 것을 그만두고, 눈에 띄는 것을 조금씩 접시에 담기로 했다.

약 한 시간 뒤.

"힘들어……."

"……과식했어요."

유즈루와 아리사는 침대에 앉으며 질린다는 표정으로 중얼거렸다.

뷔페니까, 종류가 많으니까. 그만 과식하고 만 것이었다.

"마지막 디저트는 안 먹을 걸 그랬어요."

"개인적으로는 면류가 배에 꽉 찼는데……."

두 사람은 각자 반성할 점을 입에 담았다.

다음에 뷔페에 갈 일이 있다면 조금 덜 먹도록 명심하기로 했다.

"언제 나갈래요?"

"유원지가 오픈하려면 아직 시간이 있으니까, 조금만 더 느긋이 쉬자."

다행히도 아침 일찍 일어나서 시간에는 여유가 있었다.

무리해서 컨디션이 나빠지는 것은 좋지 않다고 판단한 두 사람은, 아침식사의 소화가 끝날 때까지 기다리기로 했다.

텔레비전을 보거나, 침대에 드러누워서 휴대전화를 가지고 놀거나, 팸플릿을 읽거나…….

저마다의 시간을 보냈다.

'응, 이래서야 집에서 지내는 것과 다르질 않네…….'

조금 시간이 아깝다고 느낀 유즈루는, 뭔가 재미있는 일은 없을지 생각하기 시작했다.

그리고 옆에서 드러누워 팸플릿을 읽고 있는 아리사에게 시선을 향했다.

유즈루는 그런 아리사의 배로 손을 뻗었다.

"……뭔가요?"

갑자기 배를 쓰다듬자 아리사는 의아하다는 표정을 지었다.

한편 유즈루는 아리사의 배를 쓰다듬으며 미소를 지었다.

"빵빵하네."

"그, 그만해요……!"

과식해서 배가 빵빵하다고 놀리자, 아리사는 그런 유즈루의 손길을 뿌리쳤다.

그리고 유즈루를 가볍게 흘겨봤다.

"그렇게까지 화낼 필요야……."

"섬세하질 못하네요. 애당초…… 유즈루 씨도 남더러, 그런 소리를 할 때가 아니잖아요."

아리사는 그러면서 유즈루의 배로 손을 뻗었다.

과식한 것은 유즈루도 마찬가지라, 그의 배도 조금 부풀어 있었다.

"솔직히, 좀 졸려……."

"……기분은 알겠어요."

유즈루의 말에 아리사는 쓴웃음 지으며 끄덕였다.
식후이기도 하지만, 그 이상으로 어제는 별로 잠을 못 자서 피로가 가셨다고 말하기는 힘들었던 것이다.
"잠깐 잘래?"
"그러네요…… 아니, 그만두죠. 아마도 못 일어날 거예요."
유즈루의 제안에 아리사는 고개를 크게 가로저었다.
"침대 위에 있으니까 쓸데없이 더 졸리네요. 조금 이르지만, 나가죠."
"……그러네. 네 말이 맞아."
다시 잠든 탓에 유원지에서 놀 시간이 줄어드는 것은 너무나도 아깝다.
이 이상 졸리기 전에, 그러면서 두 사람은 호텔을 체크아웃하는 것이었다.

※

"처음에는 느긋한 계열의 놀이기구로 할까."
유원지에 입장한 뒤, 유즈루는 아리사에게 그리 제안했다.
유즈루의 말에 아리사는 배를 문지르고 쓴웃음 지으며 끄덕였다.
"저도 그러는 편이 나을 것 같아요."
둘 다 아침에 과식한 탓에 아직 소화가 다 되지 않았다.
이 상태로 떨어지거나 회전하거나, 그런 놀이기구를 탈

생각은 들지 않았다.

……먹은 것을 다시 입으로 돌려놓게 되는 상황은 피하고 싶다.

그래서 두 사람은 비교적 느긋한, 분위기를 즐길 수 있는 놀이기구를 즐기기로 했다.

놀이기구를 타는 시간은 고작해야 5분 정도이지만, 기다리는 시간을 포함하면 한 번에 한 시간을 넘어간다.

한 번 타고 내렸을 무렵에는, 괴롭다고 느낄 정도의 만복감에서는 해방되어 있었다.

"다음은 어떻게 할까요?"

들뜬 표정으로 아리사는 말했다.

유즈루는 잠시 생각한 뒤, 팸플릿을 가리켰다.

"그럼, 이걸로 갈까?"

유즈루의 말에 아리사의 표정이 굳어졌다.

그것은 어제, 화제로 올라온 호러 계열의 놀이기구였다.

호러로서 무서운 것은 물론, 격렬한 놀이기구로서의 평가도 높았다.

"그, 그렇, 군요…… 그, 그건……."

"무섭다면 그만두는 편이 낫다고 생각하는데."

어제의 크게 무섭다고 할 수 없을 놀이기구조차 아리사는 시종일관 무서워했던 것이다.

그 이상으로 무섭다는 평판인 이 놀이기구를 견딜 수 있을 것 같지는 않았다.

"무, 무섭지만…… 하지만, 타보고 싶어요."

"……어제보다도 몇 배, 무섭다고 생각하는데. 괜찮겠어?"

"괘, 괜찮아요. 어, 어제는 밤이었으니까…… 지금은 아직, 바깥도 밝잖아요."

"아니, 어제도 그럭저럭 밝았는데 말이지."

파크 전체는 일루미네이션이나 가로등, 놀이기구의 불빛이 밝히고 있다.

그러니까 밤이라고 해도 그럭저럭 밝다.

"괜찮다면, 괜찮아요! ……아니면 유즈루 씨, 무서운 건가요?"

"무슨……!"

생각지 않은 아리사의 도발에 유즈루는 그만 눈을 부릅떴다.

말을 잃은 유즈루를 상대로 아리사는 득의양양한 표정을 지었다.

"전 괜찮다고 하는데도…… 반대하는 이유, 그것 말고는 없다고요?"

정답이죠? 그런 표정이었다.

그 표정은 조금 귀여웠다.

하지만 아무리 귀엽다고 해도, 전혀 화가 나지 않는다면 그렇지는 않았다.

"좋아, 알았어. 더 이상 반대하진 않을게. 타보자고."

"전 처음부터 그랬다고요."

유즈루의 말에 아리사는 만족스러운 표정을 지었다.
아무래도 정말로 괜찮다고 생각하는 모양이었다.
겁쟁이인 주제에 대체 그 자신감은 어디서 나오는지 유즈루로서는 전혀 알 수 없었다.
"……무서워도 나한테 매달리진 말아 달라고?"
"알았다고요."
아리사는 마치 당연하다고 그러듯이 크게 끄덕였다.
……그리고 한 시간 반 뒤.
"후, 후우…… 대, 대단하진, 아, 않았, 네요."
유즈루의 팔을 붙잡고 무릎을 떨며 아리사는 그렇게 말했다.
처음에는 완전히 허리에 힘이 풀려 기구에서 일어서지도 못했을 정도였으니까, 이것도 무척 회복된 상태였다.
"아리사, 떨어져 주지 않을래? 걷기 힘들어."
"무, 무슨, 지, 짓궂은 말 하지 말아요……."
아리사는 유즈루를 애처롭게 올려다보며 팔을 다시금 꽉 붙잡았다.
부드러운 아리사의 몸 감촉이 전해졌다.
평소의 유즈루라면 이득을 봤다며 그대로 두었을 참이지만, 이번에는 그럴 기분이 아니었다.
"매달리지 않겠다고, 그랬잖아."
"으, 으으……."
유즈루의 말에 아리사는 천천히 손을 놓았다.

하지만 동시에 몸이 푹 가라앉았다.
아리사는 황급히 유즈루의 팔에 매달렸다.
"아직 바깥, 밝은데?"
밝으면 안 무서운 거 아니었어?
유즈루는 반쯤 웃으며 아리사에게 물었다.
아리사는 겸연쩍은 듯 고개를 돌렸다.
"그, 그게…… 예상한 것 이상이었다고 할까……."
"엄청, 무섭다고 경고는 했을 텐데."
"제, 제가 잘못했어요…… 미안해요. 이거로는, 안 되나요?"
아리사는 촉촉한 눈빛으로 유즈루를 올려다봤다.
이 이상 놀리는 것은 불쌍하다고 판단한 유즈루는 쓴웃음 지으며 끄덕였다.
"어쩔 수 없지."
"……고마워요."
일단 아리사가 멀쩡하게 걸을 수 있을 때까지는 제대로 이동할 수 없다.
유즈루는 근처에 있던 벤치에 아리사를 앉혔다.
"입에서 심장이 튀어나오는 줄 알았어요……."
간신히 몸의 떨림이 가신 아리사는 다시금 그런 감상을 입에 담았다.
그런 아리사에게 유즈루는 물었다.
"설마 그럴까 싶지만, 지리진 않았지?"

"예……? 서, 설마……."

유즈루의 반쯤 농담인 물음에 아리사는 노골적으로 시선을 피했다.

유즈루는 무심코 진지한 표정을 지었다.

"……거짓말이지?"

"아, 안 했어요! 지리지는, 않았어요!"

"……지리지**는**?"

아리사의 말에서 무언가 걸리는 것을 느낀 유즈루는 다시 따져 물었다.

아리사는 겸연쩍은 표정으로 입을 다물었다.

유즈루는 가만히 아리사를 바라보며 얼굴을 가져다 댔다.

"……오싹하기는 했어요."

유즈루의 시선을 견디다 못한 아리사는 얼굴을 붉히고 고개를 숙이며 그렇게 말했다.

그리고 당황한 표정으로 고개를 들고 유즈루에게 바싹 다가갔다.

"정말로 지리진 않았으니까요?"

"사실이라면 좋겠는데……."

"위험했던 것뿐이에요. 지리진 않으니까요!"

"위험했다는 것도, 상당한 이야기라고는 생각하는데……."

"그런 일 없으니까요!"

"알았어, 알았다고."

아리사의 기세에 밀리는 모양새로 유즈루는 몇 번이고 끄덕였다.

간신히 만족했는지 아리사는 앉은 자세를 바로잡았다.

"하지만, 즐거웠어요. 무서워서 이번에는 별로 집중할 수는 없었으니까, 다음에는 확실히 집중해서 타고 싶네요. 두 번째라면 그렇게까지 무섭지는 않을 테고."

"질리지도 않는구나⋯⋯ 너는."

유즈루는 무심코 어이없다는 표정을 지었다.

※

"자, 슬슬 점심때인데⋯⋯ 어떻게 할래?"

손목시계를 보며 유즈루는 아리사에게 물었다.

유즈루의 물음에 아리사는 자신의 배를 문질렀다.

"으, 으—음⋯⋯ 좀 미묘하네요. 먹다 남길지도 모르겠어요."

"그렇지."

유즈루도 그다지 배는 고프지 않았다.

아직 아침에 먹은 것이 조금 남아 있는 것 같은 느낌이 들었다.

레스토랑에서 제대로 식사를 할 기분은 들지 않았다.

"시간을 좀 미룰까⋯⋯ 아니면 팝콘 같은 걸 먹는다든지?"

유즈루는 마침 수십 미터 앞에 있는 매점을 가리키며 말했다.
맛있을 것 같은 냄새가 풍기고 있었다.
"그러면 팝콘으로 하죠. 줄 서면서 먹을 수 있으니까요."
두 사람은 일어서서 매점 앞까지 이동했다.
메뉴판을 보며 아리사는 유즈루에게 물었다.
"유즈루 씨는 무슨 맛으로 할래요? 저는 캐러멜로 할 건데……."
"그러네……."
같은 맛을 고르기보다는 각자 다른 맛을 골라서 반씩 먹고 싶다.
그것은 아리사도 같을 터.
"……초콜릿 맛 같은 것도 있네요."
아리사는 유즈루의 얼굴을 흘끗 보며 말했다.
아무래도 아리사는 초콜릿 맛도 신경이 쓰이나 보다.
"단맛이랑 단맛은 말이지…… 짠맛이 나을까."
조금 입이 끈적끈적해질 것 같다고 유즈루는 생각했다.
아리사도 지금은 먹고 싶어 하지만 나중에 힘들어할지도 모른다.
"……그런가요. 그러네요. 아, 카레 맛 같은 것도 있네요."
또다시 아리사는 유즈루의 얼굴을 흘끗 보고 말했다.
초콜릿 맛이 안 된다면 카레 맛이 좋다.
말로는 안 했지만 표정으로는 드러내고 있었다.
"그럼 카레 맛으로 할게."

유즈루가 쓴웃음 지으며 말하자 아리사는 기쁜 듯 눈을 반짝였다.

그리고 점원에게 주문을 했다.

"초콜릿이랑 카레, 하나씩이요."

캐러멜 맛으로 하는 거 아니었어?

무심코 유즈루는 아리사의 얼굴을 봤다.

그러자 아리사는 부끄러운 듯 뺨을 긁적였다.

"……역시 신경이 쓰여서. 안 되나요?"

"아니, 딱히 상관없어."

이러면서 카레 맛과 소금 맛 등, 짠맛과 짠맛의 조합을 선택했다면 유즈루도 무언가 말하고 싶어질 테지만…….

단맛과 짠맛의 조합 그대로라면 불평은 없었다.

"나도 신경 쓰였어."

캐러멜 맛은 영화관 같은 곳에서 먹은 적이 있지만 초콜릿 맛은 먹어본 적이 없다.

유즈루도 신경이 쓰였다고 말하자 아리사는 기쁜 듯 미소를 지었다.

"그건 잘 됐네요."

팝콘은 그것을 들고서 놀이기구에 타는 것을 고려했는지, 목에 걸 수 있는 케이스에 들어 있었다.

케이스 그 자체도 유원지의 캐릭터를 모티브로 한 귀여운 디자인이었다.

두 사람은 원래 있던 벤치에 다시 앉아서 팝콘을 먹기

시작했다.
"카레 맛은…… 생각했던 것보다 맵진 않네요."
"초콜릿 맛은…… 뭐, 초콜릿이라는 느낌이네."
두 사람은 서로의 팝콘을 나누어 먹으며 비교했다.
짠맛과 단맛을 교대로 즐기고, 조금 입이 느끼해지면 차를 마셨다.
삼 분의 일 정도 먹은 참에, 두 사람은 일어섰다.
"나머지는 줄 서면서 먹을까."
"그러네요."
근처에 있는 놀이기구까지 두 사람은 이동했다.
하지만 목적지 가까이 다가간 참에 아리사는 갑자기 걸음을 멈췄다.
"왜 그래?"
"……추로스, 먹지 않을래요?"
"아니, 딱히……."
아리사의 갑작스러운 말에 유즈루는 무심코 고개를 갸웃거렸다.
그리고 아리사의 시선을 따라갔더니 그곳에는 추로스를 파는 매점이 있었다.
아무래도 봤더니 먹고 싶어진 듯했다.
"사 오면 되잖아? 줄 서 있는 동안에 먹으면 되겠지?"
추로스 하나를 먹는 것에 시간이 수십 분이나 필요하지는 않다.

줄을 선 동안에 충분히 다 먹을 수 있으니까, 놀이기구를 즐길 때 방해가 될 것 같지는 않았다.

“아니, 팝콘도 있으니까…… 다 먹을 수 있을까 해서요.”

“그러네.”

팝콘은 의외로 배가 찬다.

그렇게 배가 고픈 것도 아닌 현재, 팝콘에 더해서 추로스까지 들어갈지는 알 수 없었다.

그것이 불안한 모양이었다.

“그러니까 그게…… 유즈루 씨도 절반, 어때요?”

“그래, 알겠어.”

유즈루는 그만큼 추로스를 먹고 싶은 것은 아니지만, 그래도 먹기 싫은 것도 아니었다.

준다면 먹고, 반 정도라면 팝콘이랑 합쳐도 다 먹을 자신이 있었다.

“맛은…….”

“네가 고르면 돼.”

유즈루의 말에 아리사는 기쁜 듯 미소 짓고는 바로 추로스를 사왔다.

살짝 달콤한 향기가 났다.

“무슨 맛으로 했어?”

“캐러멜이에요.”

아리사는 팝콘에서는 캐러멜을 포기했지만 역시나 미련이 있었나 보다.

"맛있어요."

목적지인 놀이기구 줄에 서자, 아리사는 바로 추로스를 먹었다.

행복하다는 표정을 지었다.

"아리사……."

"예."

나한테 주겠다는 거 아니었어?

유즈루가 그렇게 말을 꺼내기 전에 아리사는 그의 입가로 추로스를 내밀었다.

유즈루는 입을 벌리고 추로스를 먹었다.

"어떤가요?"

"응, 달아."

"그건 잘됐네요."

아리사는 만면의 미소를 지었다.

※

"와아! 엄청 예뻐요!!"

해가 진 뒤.

일루미네이션으로 장식된 퍼레이드를 휴대전화로 동영상 촬영하며 아리사는 기쁜 듯 말했다.

"응, 정말이야. 귀여워."

유즈루 역시도 흥분한 기색으로 팔짝 뛰는 아리사를 보

며 말했다.

오해를 우려해서 말하자면 유즈루는 아리사만큼 이런 일루미네이션이나 퍼레이드 부류에는 흥미가 없었다.

하지만 기뻐하는 약혼자의 모습을 볼 수 있다는 것만으로 충분히 만족할 수 있었다.

그리고 즐거운 시간은 순식간에 지나가고, 퍼레이드는 끝났다.

폐점 시간도 가까워지고 있었다.

"으—음…… 좀 지나치게 흔들린 걸까요."

아리사는 자기 휴대전화를 확인하며 떨떠름하게 말했다.

촬영 중, 흥분한 나머지 몇 번이나 팔짝팔짝 뛴 탓인지 그다지 깨끗하게 영상이 찍히지 않은 듯했다.

"마음에 새겼다면 그걸로 충분하지 않을까?"

촬영에 필사적이라 못 즐기는 것보다는, 너무 즐겨서 제대로 촬영을 못 하는 편이 나을 듯 여겨졌다.

"그렇지만…… 사진도 찍어둘 걸 그랬어요."

"그건 제대로 찍었어."

"정말요?!"

아리사의 말에 유즈루는 끄덕이고 자기 휴대전화 화면을 보여줬다.

그곳에는 휴대전화를 한 손에 들고 터질 듯한 미소로 팔짝 뛰는 아리사가 찍혀 있었다.

"저, 저, 이런 얼굴을……."

"귀여워. 홈 화면으로 쓸까 생각하고 있어."
"절대로 안 돼요."
유즈루의 반쯤 농담인 말에, 아리사는 낮은 목소리로 그렇게 말하고는 유즈루를 흘겨봤다.
유즈루는 귀엽게 찍었다고 생각했지만, 아리사는 자신의 얼굴이나 표정이 불만이 있는 것 같았다.
찍히는 것을 전제로 한 미소가 아니기 때문일 것이다.
"애당초 중요한 퍼레이드 쪽이 별로 안 찍혀 있잖아요."
"중요한 건 추억이잖아? 네가 여기에 있었다는 증거가 더 소중하지 않을까."
"그러면 유즈루 씨도 찍었어야 하는 거 아닌가요?"
"……그건, 뭐, 그런가."
물론 이 유원지에서 두 사람은 투샷 사진을 몇 장이나 찍었다.
하지만 조금 전 일루미네이션과 퍼레이드의 사진을 찍지는 않았다.
"그럼, 다음에는 제대로 찍을까."
"다음…… 그러네요!"
유즈루의 말에 아리사는 기뻐하는 표정을 지었다.
그리고 조금 쓸쓸해 보이는 표정을 드러냈다.
"……그럼, 오늘은 돌아갈까요."
"그러네. 너무 늦어지면 좋지 않으니까. 선물 사서 돌아가자."

두 사람은 미련이 남는 기분으로, 귀갓길에 접어드는 것이었다.

※

두 사람이 아리사의 집 앞에 도착했을 무렵에는 이미 밤도 깊었다.

"오늘은 고마웠어요. 즐거웠어요."

아리사는 유즈루 앞에서 가볍게 머리를 숙였다.

이번에 유원지 데이트를 계획하고 예약을 잡은 것은 주로 유즈루였다.

물론 입장료나 숙박비는 둘이서 함께 냈지만.

"아니, 나도 즐거웠어. 네 덕분이야."

고등학생 정도 되면 유원지에 갈 기회도 줄어든다.

유즈루도 가족과 몇 년 전에 간 이후로 처음이었다.

아리사가 없었다면 유즈루도 갈 생각이 들지는 않았을 것이다.

유원지를 즐길 기회를 준 것은 아리사였다.

"그렇게 말해주니 기뻐요. ……내년에 또 가고 싶네요. 다음에는 여름이라든지."

"그건 좋은 생각이야."

겨울과 여름은 즐기는 방법도 다를 테고, 볼 수 있는 이벤트도 달라진다.

유원지 전체의 분위기도 크게 바뀔 것이다.
"……그리고, 다음에는 서쪽으로 가도 될지도."
"서쪽, 인가요. 아아! 그렇구나, 그것도 좋겠네요. 저, 그쪽은 가본 적이 없으니까요!"
"기회를 봐서, 여기저기 많이 가자."
기회는 잔뜩 있다.
유즈루는 스스로에게 들려주듯 그렇게 말했다.
이번에 유즈루로서는 살짝 미련이 있었다.
그것은…….
'조금 더, 애인답게 즐겨도 괜찮았을지도.'
로맨틱한 분위기 가운데, 달콤한 키스를 한다.
그런 체험은 그다지 못 했다.
키스를 한 것도 자기 전의 '잘 자요'뿐.
'생각했던 것보다도 아리사가 어린아이 같았단 말이지.'
유즈루는 유원지에서 신이 난 아리사를 떠올리며 쓴웃음 지었다.
초등학생 같이 즐기는 아리사를 보고 그만 독기가 빠져버린 것이었다.
물론 유즈루로서는 그건 그것대로 좋은 것을 봤다는 기분이었다.
기뻐하는, 행복해하는 아리사를 볼 수 있었다는 것만으로 유즈루는 만족이었다.
백 점 만점에 120점의 데이트였다고 할 수 있었다.

하지만 동시에 원하던 것, 예상하던 것과는 조금 달랐던 것도 사실이다.

"……유즈루 씨?"

"어? 아, 미안해. 저기…… 무슨 이야기 중이었을까?"

정신이 들자 아리사는 유즈루에게 다가와 있었다.

가만히 유즈루를 올려다봤다.

"아뇨, 딱히 이야기를 하진 않았는데요……."

유즈루가 되묻자 아리사는 희미하게 뺨을 붉히고 부끄러운 듯 시선을 피했다.

그러고는 뜻을 다진 듯이 유즈루에게 시선을 향하더니 그의 어깨에 양손을 얹었다.

"아, 아리……."

"응."

정신이 들자 유즈루의 입술은 아리사에게 막혀 있었다.

5초 정도, 긴 입맞춤을 한 뒤에 아리사는 천천히 유즈루에게서 입술을 뗐다.

그리고 세 걸음 뒤로 물러나서는 발길을 돌렸다.

"내일 또, 봐요."

"어, 어어! 내일 봐."

아리사는 도망치듯 집 안으로 들어가 버렸다.

남겨진 유즈루는 자신의 입술을 만졌다.

그곳에는 아직 아리사의 체온이 남아 있었다.

"……아리사도 조금, 욕구불만이었을까?"

이번에는 평소의 '작별'보다도 길었다.

그것은 틀림없이 아리사도 자신과 비슷한 기분을 품고 있었기 때문이리라.

유즈루는 그렇기를 바라며 귀갓길에 접어들었다.

맞선 보고 싶지 않아서
억지스러운 조건을 달았더니
동급생이 온 일에 대해서

## 제2장

## 약혼자와 새해

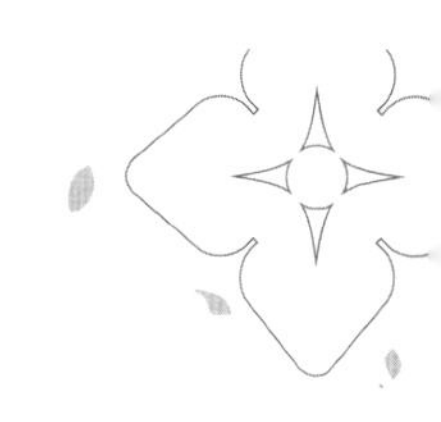

선달 그믐날 저녁.

"새우 내장은 이 부분에 이쑤시개를 넣고…… 이렇게 하면, 빠져요. 해봐요."

"흠…… 이, 이렇게?"

"그래요. 잘 하네요."

유즈루와 아리사는 둘이서 새우 내장을 빼고 있었다.

엄밀하게 말하면 '토시코시소바'에 얹을 '새우튀김'을 만들기 위해 새우를 손질하고 있었다.

"그러고 보니…… 아유미 말인데요."

"아유미가 어쨌는데?"

"독감 예방주사는 맞았나요?"

"맞지 않았을까? 우리는 매년 맞으니까……."

"맞았는데도 걸리다니, 괜히 맞았잖아요."

유즈루의 동생, 타카세가와 아유미는 현재 계절성 독감으로 쉬고 있었다.

선달 그믐날임에도 불구하고 유즈루가 본가로 돌아가지 않고 아리사와 보내는 이유가 그것이었다.

아유미가 독감으로 쉬고 있으니까, 매년 타카세가와 가

에서 진행되는 이벤트가 모두 중지된 것이었다.

"……아니, 맞은 만큼 증상은 가벼워질 테니까. 오히려 맞아서 다행이라고 할 수 있겠네."

"흐―응……."

"납득이 안 간다는 얼굴이네…… 극복한 거 아니었어?"

유즈루가 그렇게 묻자 아리사는 고개를 가로저었다.

"설마요. 딱히 주사 정도야, 지금의 저한테는 아무것도 아니라고요? 그저…… 딱하다고 생각했을 뿐이에요."

"그런가, 그건 다행이네. 그럼 내년에도 주사, 괜찮겠어."

내년은―― 시험을 치르는 것은 내후년이 되겠지만―― 유즈루와 아리사도 대학 수험을 준비해야 한다.

올해보다도 오히려 내년이 더 중요하다고 할 수 있을 것이다.

"어, 어어…… 괘, 괜찮아요. 다만, 그게…… 같이 가줄래요? 내년에도……."

아리사의 말에, 유즈루는 이전에 아리사와 함께 병원에 간 것을 떠올렸다.

조금…… 아니, 엄청나게 부끄러웠던 것을 기억한다.

솔직히 두 번은 싫었다.

"……물론이야."

하지만 애써 주사를 맞으려고 하는 약혼자에게 싫다고는 할 수 없었다.

유즈루는 어떻게든 고개를 끄덕였다.

"……지금 뜸을 들인 건 뭔가요?"

"다른 뜻은 없어."

"그런가요? ……유즈루 씨가 싫다고 해도, 같이 갈 거니까 말이죠? 기억해둬요."

아무래도 병원 동행은 유즈루의 의사와는 관계없이 강제될 듯했다.

그렇지만 조건이 붙어 있다고는 해도 아리사가 나서서 주사를 맞을 각오를 해준 것은, 유즈루에게는 기쁜 일이었다.

"알았어. 내년에서 같이 맞으러 갈까."

"예, 그래요."

그런 '병원 데이트?' 약속을 하는 사이, 새우 손질이 끝났다.

다음에는 그밖에도 준비된 채소와 같이 기름에 튀기는 것뿐이다.

"튀기는 건…… 불안하니까, 제가 할게요. 유즈루 씨는 메밀 면을 삶아줘요. ……할 수 있겠죠?"

"당연하잖아. 삶는 것뿐이지?"

면을 삶는 것 정도는 아무 문제도 없다.

소면이나 인스턴트 라면을 삶는 것 정도는 유즈루도 할 수 있으니까.

"그런가요? ……삶은 다음, 제대로 물로 헹궈줘요."

"물로…… 헹궈?"

"흐르는 물로 씻는 거예요. ……할 수 있겠죠?"

"할 수야 있지만…… 저기, 따듯한 소바잖아? 지금부터 만들 건."

물로 씻으면 식어버린다.

그러지 않고 국물에 직접 넣는 편이 낫지 않느냐고 유즈루는 아리사에게 물었다.

"……식히는 게 식감이 더 좋아지거든요. 기억해둬요."

"그렇구나. 하지만, 차가운 면을 넣으면 국물이 식어버리는 거 아냐? 그건……."

"면을 넣은 다음, 다시 가열해요. ……지시는 그때 내릴 테니까, 일단 삶는 부분까지 해줘요."

"아, 알았어……."

유즈루는 고개를 끄덕이고는 냄비에 물을 담아 끓였다.

그러는 동안에도 아리사는 척척 튀김을 튀겼다.

"지시대로 하면 되지?"

물을 끓인 뒤, 유즈루는 아리사에게 다시 물었다.

그러자 아리사는 한순간 유즈루 쪽으로 시선을 향했다.

"예. 지시대로요. ……시간은 제대로 재달라고요?"

"알았어."

유즈루는 휴대전화를 꺼내고 타이머를 세팅한 다음에 메밀 면을 냄비 안으로 넣었다.

아리사가 말에 따라 지시대로 삶았다.

"다 삶았는데…… 어떻게 하면 될까? 소쿠리에 담아서 씻으면 될까?"

"그것도 괜찮지만, 면수가 아까우니까…… 그러네요. 일단 볼에 면만 옮기고, 그리고 부엌에서 소쿠리로 옮긴 다음에 씻도록 해요."

"알았어."

유즈루는 아리사의 말대로 면을 물에서 꺼내고, 볼에서 다시 소쿠리로 옮겨서 흐르는 물로 씻었다.

흐르는 물로 씻으며 아리사에게 물었다.

"어느 정도로 씻으면 될까?"

"뜨거운 게 사라질 때까지요. 끝나면 제대로 물기를 빼줘요."

"알았어."

유즈루는 아리사의 지시를 착실하게 지켜서 물로 면을 헹궜다.

한편 아리사는 아무래도 유즈루가 걱정되는지, 튀김을 튀기면서도 흘끗흘끗 유즈루 쪽으로 시선을 향했다.

"끝났는데…… 다음은 어떻게 하지?"

"그러네요. ……이쪽도 튀김은 이제 곧 끝날 것 같으니까, 국물에 넣어버리죠. 면을 넣은 다음에 데워줘요."

국물은 아리사가 사전에 만들어서 작은 냄비 안에 넣어 두었다.

유즈루는 물을 제대로 털어낸 메밀 면을 그 안에 넣고 불을 켜서 가열했다.

충분히 데워졌다고 판단한 참에 불을 껐다.

"끝났어."
유즈루가 그러면서 아리사 쪽을 봤다.
아리사는 이미 튀김을 마무리했다.
"이쪽도 마침 끝났어요. 그릇에 담죠."
유즈루는 준비되어 있던 그릇에 국물과 면을 담았다.
그 위에 아리사가 튀김을 얹었다.
그리고 마지막으로 가볍게 실파를 뿌리고…… 완성.
두 사람은 소바를 거실까지 가져갔다.
그리고 손을 맞대고…….
""잘 먹겠습니다.""
둘이서 만든 소바를 먹기 시작했다.

※

"후우…… 맛있었어. ……역시 아리사의 요리가 최고야."
국물을 마시며 유즈루는 아리사에게 말했다.
올해의 토시코시소바는 평소에 본가에서 먹는 것보다도 맛있었다.
그것은 소중한 약혼자와 함께 먹어서 그렇기도 하고…….
또한 약혼자의 요리가 유즈루에게 가장 맛있기 때문이기도 했다.
"이번에는 유즈루 씨도 만들었잖아요."
"응, 뭐, 확실히 도와주긴 했지만."

그렇다고는 해도 유즈루는 간단한 작업밖에 하지 않았다…… 그것밖에 허락되지 않았다.

게다가 기본적으로는 아리사의 지시에 따르는 로봇처럼 행동했다.

그러니까 대부분 아리사 작품이었다.

"이전보다도 능숙해졌네요."

"그런가?"

아리사의 말에 유즈루는 무심코 미소를 지었다.

아리사를 돕게 된 이후로 시간이 무척 지났는데…… 간신히 아리사에게 인정받게 되었다.

"예. 전에는 계속 붙어 있지 않으면 불안했는데, 최근에는 눈을 좀 떼더라도 괜찮을 것 같이 되었어요."

"……난 무슨 유아 같은 건가?"

"그러네요. 간신히 두 발로 서서 걷게 되었을까, 그런 느낌이에요."

"엄격하네……."

그렇지만 아리사의 요리 수준에서 보면 확실히 그 정도일 것이다.

반론할 수는 없었다.

"텔레비전이라도 볼까. 채널은 맡길게."

유즈루는 아리사에게 리모컨을 건네며 말했다.

보고 싶은 방송도 있기는 하지만, 그 이상으로 아리사가 무엇을 고를지 신경이 쓰인 것이었다.

"그러네요……."
아리사는 리모컨을 텔레비전으로 향하고 몇 번인가 채널을 바꾸었다.
그리고 최종적으로 고른 것은 코미디 계열의 방송이었다.
조금 의외의 선택지였다.
"……집에서는 별로 안 보니까요."
아무래도 얼굴에 드러나고 말았나 보다.
아리사는 변명하듯 쓴웃음 지으며 말했다.
"그렇구나……."
유즈루의 뇌리에 아리사의 양어머니 얼굴이 떠올랐다.
확실히 이런 것은 그다지 좋아하지 않을 것 같다.
"……싫은가요?"
"아니, 설마. 나도 본 적 없으니까 괜찮지 않을까."
물론 코미디 프로그램을 인생에서 한 번도 보지 않은 것은 아니다.
하지만 연말에 하는, 이런 고정 프로그램은 본 적이 없었다.
"본 적 없나요?"
"우리 집의 채널 선택권은 연공서열이니까."
"아아……."
유즈루의 말에 아리사는 쓴웃음 지었다.
연공서열, 그러니까 방송을 고를 권리가 있는 것은 유즈루의 할아버지, 타카세가와 소겐이라는 이야기였다.

소겐은 결코 코미디 프로그램을 싫어하지 않지만, 연말에는 음악 프로그램을 보고 싶어 한다.

물론 유즈루나 아유미 같은 손자손녀가 투정을 부리면 양보해줄 것이다.

하지만 투정을 부린 적은 한 번도 없었다.

유즈루도 아유미도 음악 프로그램을 싫어하지는 않으니까.

그것을 보고 자랐으니까 당연하다면 당연한 이야기이지만.

가끔씩 대화를 나누며 두 사람은 편안하게 텔레비전을 봤다.

프로그램도 종반에 접어들었을 무렵, 아리사가 일어섰다.

"왜 그래?"

"제야의 종소리가 들린 것 같아서요. ……예, 치고 있네요."

창가에 귀를 기울이며 아리사는 말했다.

벌써 그런 시간이냐고 유즈루는 조금 놀라며 리모컨을 손에 들었다.

"끄는 게 나을까?"

"그러네요, 저는 듣고 싶지만…… 여긴 유즈루 씨 집이니까요."

"그럼 끄자. 나도 듣고 싶어."

유즈루는 그러면서 텔레비전을 껐다.

그 순간 방 안이 조용해졌다.
그리고 낮게 울려 퍼지는 종소리가 밖에서 들렸다.
"오, 확실하게 들렸어."
"벌써…… 올해도 끝이네요."
아리사는 절절한 표정으로 말했다.
유즈루도 종소리에 귀를 기울이며 올해 있었던 일들을 생각했다.
"그러고 보니…… 소원은 이루어졌어?"
"……소원?"
"올해 첫 참배 소원."
유즈루가 그렇게 대답하자 아리사는 쓴웃음 지었다.
아리사가 약 1년 전, 신사에서 빈 것은 "올해도 유즈루 씨와 함께 보낼 수 있기를"이라는 내용이었다.
물어볼 필요도 없었다.
지금도 같이 있으니까.
"예. ……유즈루 씨는 어떤가요."
"나도 이루어졌어."
유즈루는 쓴웃음 지으며 대답했다.
유즈루의 소원도 아리사와 같으니까 말할 것까지도 없는 이야기다.
"첫 참배라고 그러니까…… 내일 아침에는 빨리 움직여야 되니까요. 제야의 종이 끝나면 빨리 자야겠죠."
올해는 친구들과 함께 첫 참배에 가기로 약속을 했다.

첫 일출을 보자는 것은 아니니까 해가 뜨기 전에 일어날 필요는 없지만, 그래도 약속은 오전 중의 나름대로 이른 시간대였다.

"그러네."

유즈루는 아리사의 말에 끄덕였다.

둘 다 이미 목욕을 마쳤으니까 바로 잠자리에 들기만 하면 된다.

"하지만…… 그런가. 올해도 이제 끝인가."

유즈루는 그러면서 아리사의 얼굴을 빤히 바라봤다.

아리사는 의아한 듯 어리둥절해서 고개를 갸웃거렸다.

유즈루는 그대로 계속 바라봤다.

아리사는 곤란하다며 쓴웃음을 지었다.

유즈루가 얼굴을 더욱 가져다 대자 역시나 부끄러워졌는지 눈을 피했다.

"뭐, 뭔가요…… 대체."

"올해의 아리사도 마지막으로 보는 거니까, 지금 봐두자 싶어서."

"한 시간 정도로 바뀌진 않아요."

"그런 식으로 말하면 새해도 아무것도 아니잖아."

유즈루는 그러면서 아리사의 어깨에 손을 얹고 자기 쪽으로 끌어당겼다.

아리사는 유즈루의 의도를 헤아렸는지 떨떠름한 태도로 ──하지만 아주 마음에 없지도 않다는 표정으로── 유즈루에게 얼굴을 가져다 댔다.

"올해 마지막으로…… 괜찮을까."

"……마음대로 해요."

유즈루는 아리사의 말대로, 마음대로 하기로 했다.

한 손을 등으로 돌려서 끌어안고, 다른 한 손을 머리 뒤로 돌려서 얼굴을 받쳤다.

"응……."

그리고 입술을 겹쳤다.

올해 마지막 입맞춤이기도 해서 평소보다도 길고, 그리고 깊었다.

그리고 천천히 입술을 뗐다.

동시에 종이 울렸다.

두 사람은 함께 시계를 봤다.

시각은 마침 24시.

한해가 끝나고 한해가 시작되었다.

"새해 복 많이 받아, 아리사."

"예. 새해 복 많이 받아요."

두 사람은 미소를 지었다.

그리고 유즈루는 아리사에게 말을 건넸다.

"그런데 새해 첫……."

유즈루가 말을 모두 마치기도 전에, 아리사의 입술이 유즈루의 입술을 막았다.

선수를 빼앗긴 유즈루는 눈을 크게 떴다.

아리사는 천천히 입술을 뗐다.

"올해 유즈루 씨의 처음, 받아버렸어요."

입술에 손가락을 대며 아리사는 짓궂게 미소 지었다.

※

정월 초하루, 이른 아침.

"와아…… 이 떡, 엄청 맛있어요."

아리사는 김을 말아서 구운 떡을 입으로 옮기고 눈을 동그랗게 뜨며 말했다.

떡을 구운 것은 유즈루지만…… 물론 오븐에 전부 맡겼을 뿐, 유즈루가 천재적인 요리 재능을 발휘한 것은 아니었다.

떡 자체가 좋은 것뿐이었다.

"떡은 역시나 떡집이라고…… 할까?"

아리사의 말에 유즈루는 끄덕이며 구운 떡을 먹었다.

정월이 되면 항상 본가에서 먹는 떡의 맛이었다.

유즈루의 본가는 매년 전문점에서 떡을 구입한다.

올해는 그것을 아파트로 배달시킨 것이었다.

"그보다도 네가 만들어준 떡국이, 나는 더 감동적이야."

유즈루는 떡국 국물에 입맛을 다시며 말했다.

간장 풍미의 칸토풍 국물에는 가다랑어와 다시마의 감칠맛과 향기가 제대로 녹아 있었다.

구운 떡은 평소와 다르지 않지만 떡국에 넣은 떡은 전혀 달랐다.

국물을 빨아들여서 몇 배나 맛있어졌다.

"그렇게 말해주니 기뻐요. ……내년에도 기회가 있다면, 만들게요."

"내년이 아니라, 가능하다면 매일 만들어줬으면 좋겠어."

유즈루가 그렇게 말하자 아리사는 쓴웃음 지었다.

"또또. ……질리지도 않나요?"

"네 요리에 질릴 일은 없지만…… 된장국을 못 먹게 되는 건 싫을지도."

아리사의 말에 유즈루는 생각을 바꾸었다.

떡국도 버리기 힘들지만, 그러나 아리사의 된장국이 완전히 떡국과 바뀌어버리는 것은 무척 아쉽다.

"된장국이라면…… 칸사이풍 떡국은 백된장 바탕이라 맛있어요. 된장국하고는 조금 다르지만……."

"……칸사이풍? 어, 만들 줄 알아?"

"본고장이랑 같은 맛일지는 모르겠지만…… 만들 수 있을지 따지자면, 할 줄 알아요. 우리 집에서는 질리지 않도록 매일 바꾸니까요."

"호오……."

유즈루는 칸토 출신이니까 칸사이풍 떡국은 먹어본 적이 없다.

그래서 무척 신경이 쓰였다.

"……먹고, 싶나요?"
"먹고 싶어."
"그럼, 내일은 그거로 하죠."
동그란 떡은 없으니까 진정한 의미에서의 칸사이풍이 되지는 않겠지만요.
그러면서 아리사는 쓴웃음 지었다.
다만 아리사로서는 신경이 쓰이는 포인트일지도 모르겠지만, 유즈루가 신경이 쓰이는 것은 그저 맛의 여부다.
떡의 모서리 하나가 맛에 큰 영향을 줄 것 같지는 않으니까 유즈루로서는 아무래도 상관없는 부분이었다.
"그런데 아리사. 떡 먹는 방법의 배리에이션, 얼마나 있는 거야?"
"……배리에이션이요?"
"나는 김을 말아서 굽든지, 설탕이랑 간장인지, 콩고물 정도밖에 떠오르질 않는데……."
아무리 맛있어도 매일 먹으면 질린다.
그리고 떡의 양은 매년, 정월 동안에만 다 먹을 수는 없을 만큼 많았다.
본가에서도 남아도는 느낌이어서 그런가…….
유즈루의 방으로 보낸 양은, 유즈루가 정월에 혼자서 먹을 것치고는 너무나도 많았다.
냉동하면 장기 보관할 수 있으니까. 유즈루 어머니의 말로는 그랬지만, 유즈루도 떡을 싫어하지는 않더라도 크게 좋아하지도 않는다.

어느 시점에서 질려버리는 것은 눈에 선했다.

"그러네요. 유즈루 씨가 언급한 방식은 확실히 맛있겠지만…… 그것 말고도 있다면 있어요."

"……예를 들면?"

"메이저한 방법이라면, 베이컨으로 치즈랑 떡을 감아서 먹는다든지, 그런 걸까요."

"오오……."

확실히 그러면 맛있을 것 같았다.

애당초 베이컨과 치즈만으로도 맛있으니까, 맛이 없을 리가 없다.

"또 있어?"

"또 말인가요? 날달걀이랑 함께 먹는다든지, 어떤가요?"

"날달걀?! 아니, 하지만, 그런가. 상성은 나쁘지 않나……."

날달걀을 밥이랑 먹는 방법이 있다.

유즈루도 귀찮을 때 의지하기도 하는, 가볍게 만들 수 있고 맛있는 요리의 대표격이다.

달걀과 쌀밥의 상성은 무척 좋다.

그렇다면 달걀과 떡의 상성이 나쁠 리가 없다.

"버터랑 낫토의 조합도 맛있어요."

"그렇구나. ……쌀밥이랑 맞는 재료는 거의 맞는 건가."

날달걀이 맛있다면 낫토도 맛있을 것이다.

"조리에 수고는 들지만, 바삭바삭해지도록 프라이팬으

로 구워서 피자처럼 만들 수도 있어요."

"오오! 그건 괜찮겠는데."

떡의 식감은 잃어버릴 것 같지만, 맛뿐만이 아니라 식감조차 질려버렸을 무렵에는 괜찮을 듯했다.

나중에 레시피를 배우자고 유즈루는 결의했다.

그렇게 떡을 어떻게 먹는지 토크를 나누며 두 사람은 떡국과 떡을 모두 먹었다.

"그럼…… 저는 준비할 게 좀 있으니까요. 먼저 갈게요."

정리를 마치고 아리사는 말했다.

사전에 "준비할 게 있으니까 같이 가는 게 아니라 거기서 만나자"라고 그랬으니까 유즈루는 딱히 놀라지는 않았다.

"준비 말이지."

유즈루는 쓴웃음 지었다.

아리사의 준비라는 것이 무엇인지, 대략 짐작은 갔다.

알아맞히는 것은 어렵지 않지만…….

그런 짓을 할 만큼 유즈루도 눈치가 없지는 않았다.

"그럼 나중에 천천히 가도록 할게."

"예. ……기대해요."

이리하여 유즈루는 일단 아리사와 작별한 것이었다.

잠시 시간이 지난 뒤, 유즈루는 신사와 가장 가까운 역으로 향했다.

그곳에는 이미 소이치로가 있었다.

“기다렸지.”

“정말 기다렸다고.”

“……그건 지금 막 왔다든지 그래야 하는 거 아냐?”

늦잖아!

그렇게 기분 나쁘다는 표정인 친구에게 유즈루는 쓴웃음 지으며 말했다.

“나는 네 남친이 아냐. 당연히 약혼자도 아니니까.”

“뭐, 그도 그렇지만.”

소이치로의 말에 유즈루가 웃자, 소이치로도 웃었다.

기분 나쁘다는 태도는 그 나름대로의 농담이었다.

약속 시간에는 아직 여유는 있고, 애당초 아직 안 온 사람이 둘 있다.

“그러고 보니, 넌 아리사 씨랑 같이 오는 거 아니었어?”

“준비할 게 있으니까 먼저 간다고 그래서. 이래서야 준비에 시간이 좀 걸리는 모양이지만.”

“그렇구나. ……뭐, 나도 비슷한 상황인데.”

유즈루의 말에 소이치로는 납득한 표정을 지었다.

유즈루와 소이치로가 잡담을 시작하고 얼마 후.

등 뒤에서 활기찬 목소리가 들렸다.

“소이치로 군, 유즈룽. 미안해, 기다렸어?”

그러면서 나타난 것은, 새빨간 기모노를 입은 유즈루의 소꿉친구.

타치바나 아야카였다.

이번에는 가볍게 화장도 한 듯했다.
원래부터 어른스러운 얼굴이지만, 오늘은 한 층 더 꾸몄다.
"기다리게 해서 미안해요. ……수고가 좀 들어서."
그리고 아야카 뒤에서 조심스러운 목소리와 웃음을 머금은, 아마포색 머리카락 소녀가 나타났다.
유즈루의 약혼자, 유키시로 아리사였다.
녹색 천에 빨간 꽃이 그려진 기모노를 입고 있었다.
머리카락도 묶어 올리고 가볍게 화장을 한 아리사는…….
평소에도 물론 아름답지만 더더욱 격이 다른 아름다움이 있었다.
기다리게 해서 미안해?
여자 둘의 그런 말에 남자 둘은 나란히 고개를 가로저었다.
""아니, 지금, 막 왔어.""
그리고 유즈루는 아리사의, 소이치로는 아야카의 손을 붙잡았다.
"그럼, 갈까."
"예."
"가자고."
"응."
네 사람은 천천히 ――나막신을 신은 여자 둘의 속도에 맞추며―― 걷기 시작했다.

※

"치하루랑 텐카는 몰라도, 히지링은 아쉽게 됐네."

걷기 시작한 뒤, 아야카는 그다지 아쉽지 않다는 표정으로 말했다.

치하루와 텐카의 본가는 칸사이니까 당연히 함께 첫 참배를 갈 수는 없다── 애당초 본가가 신사인 치하루는, 본가 일을 돕느라 바쁘다.

한편 히지리는 그들과 비교적 거리가 가까운 장소에 살고 있으니까 첫 참배에는 불렀다.

"……이래저래 바쁜 모양이니까 말이야."

소이치로는 쓴웃음 지으며 말했다.

히지리는 히지리대로, 본가에서 연말연시에 할 일이 있어서── 평소부터 인연이 있는 사람들이 찾아오니까 그것을 맞이할 준비가 필요한 것이다── 바쁘다.

그러니까 첫 참배에는 못 온다.

그렇게 된 것이었다.

"집, 가까우니까 잠깐 참배 정도라면 그렇게 시간이 걸리지도 않는다고 생각하는데 말이지……."

아야카는 의아한 듯 고개를 갸웃거렸다.

타치바나 가문에서도 당연히 손님을 맞이하기 위한 준비 같은 일이 있지만…… 그런 쪽의 일을, 아야카는 자기 손으로 한다는 발상은 그다지 없었다.

지시와 마지막 확인만 한다면, 뒷일은 고용인에게 시키

면 그만이라고 생각하니까.

그리고 그 발상은 딱히 틀렸다고 할 수는 없었다.

료젠지 가문도 그저 가문사람만으로 번성한 것은 아니니까, 히지리가 잠시 빠져나온다고 해서 큰 지장이 생길 리가 없다.

그래서 히지리의 “바쁘다”라는 것은 반쯤 사실이고, 반쯤은 변명이다.

‘……더블 데이트에 어울리고 싶지 않다, 인가.’

유즈루는 히지리의 말을 떠올리고 무심코 쓴웃음 지었다.

요컨대 배려해준 것이다.

다만 겸연쩍은 기분도 있었을 테지만.

“와아…… 노점이 잔뜩! 축제 같아요!!”

신사 앞까지 온 참에, 아리사는 손뼉을 치고 즐겁게 웃었다.

길 양옆에는 첫 참배를 온 사람을 타깃으로 한 노점이 늘어서 있었다.

두리번두리번 주위를 둘러보며 어떤 것들을 파는지 흥미진진해 보였다.

“……일단 참배부터 할까?”

노점에서 감도는 맛있어 보이는 냄새에 낚일 뻔한 아리사를 유즈루는 가볍게 잡아당기며 말했다.

그러자 아리사는 퍼뜩 놀란 표정을 지었다.

“어, 어어…… 그, 그러네요. 당연하죠.”

그리고 새침한 표정을 지었다.

네 사람은 딴 길로 새지 않고 신사까지 똑바로 가서 참배를 마쳤다.

"……올해는 어떤 소원을 빌었어?"

유즈루가 묻자 아리사는 짓궂은 표정을 지었다.

"작년이랑 같아요. 유즈루 씨는?"

"나도 작년이랑 같아."

유즈루와 아리사는 얼굴을 마주 보고 웃었다.

그런 두 사람에게 아야카는 흥미진진하다는 듯 고개를 들이밀었다.

"뭐야뭐야? 작년이랑 같다니?"

"비밀이야."

"비밀이에요."

유즈루와 아리사가 웃으며 대답하자 아야카는 불만스러운 표정을 지었다.

유즈루와 아리사가 '둘만의 비밀'을 가지고 있으니 따돌림당했다는 기분이 드나 보다.

"어—, 비밀로 한다니까 신경 쓰이는데……."

"어차피 내년에도 알콩달콩하고 싶다, 그런 내용이겠지."

소이치로가 아야카를 달래듯 말했다.

그 표현은 너무하다 싶어서 유즈루도 아리사도 한마디 해주자고 생각했지만, 얼추 맞는 이야기였기에 아무 말도 할 수가 없었다.

"기왕 왔으니까 소원판이라도 쓰지 않을래?"

아야카를 달랜 소이치로는, 유즈루와 아리사를 돌아보더니 말했다.

그가 가리킨 방향을 보니 확실히 소원판을 팔고 있었다.

"괜찮지 않나?"

"그러네요."

소이치로의 노림수는 어렴풋이 알아차렸으면서도, 유즈루와 아리사는 받아들였다.

소원판을 구입하고 그 자리에서 빌린 매직으로 소원을 적었다.

——내년에도 약혼자와 함께 지낼 수 있기를.

——내년에도 약혼자와 함께 있을 수 있기를.

유즈루와 아리사는 각자 소원을 적고 전용 장소에 봉납했다.

아야카는 그것을 들여다보고는 소이치로를 보고 웃었다.

"역시 소이치로 군. 정답이네."

"그렇지?"

""……""

아야카와 소이치로의 웃음에 유즈루와 아리사는 무심코 미간을 찌푸렸다.

되갚아 주겠다고, 두 사람이 봉납한 소원판을 확인했다.

——숙부님한테 좋은 상대가 생기기를.

——동생의 사랑이 이루어지기를.

"".......""

적혀 있던 내용은 자신이 아니라 타인의 행복을 기도한다는…… 무척 우등생 같은 내용이었다.

이래서는 흠을 잡기가 어려웠다.

다만 딴죽을 걸 부분이 전혀 없지도 않았다.

"동생의 사랑이라니, 그거 내 동생……."

"이것 참, 이익이 있다면 좋겠는데 말이지."

소이치로는 유즈루의 어깨를 기분 좋게 두드렸다.

그 후, 네 사람은 점괘를 뽑았다.

수학여행에서 유즈루와 아리사는 그다지 좋은 결과가 아니었지만, 이번에는 대길이었다.

징조가 좋은 스타트에 두 사람은 안도했다.

……다만 소이치로도 아야카도 대길이었으니까, 이곳의 점괘는 대부분 대길이 나오지 않느냐는 의혹도 있지만.

"어라? 아리사…… 파마 화살 살 거야?"

"예. 방에 둘까 해서요…… 이상할까요?"

"아니, 이상하진 않다고 생각하는데……."

수백 엔으로 살 수 있는 부적과는 달리 파마 화살은 수천 엔은 한다.

여고생이 자기가 장식하려고 구입하기에는 조금 비싼 물건이다.

"돈에는 조금 여유가 있으니까요. 기왕이면 효과가 높아 보이는 같은 게 좋을까 해서."

"그런가……?"

유즈루는 썩 납득할 수 없었지만…….

아리사는 기쁜 듯 파마 화살을 바라보고 있으니까 그냥 이해하기로 했다.

의외로 수학여행에서 나무칼을 구입하는 감각으로 샀을지도 모른다.

"일단 용건은 마쳤으니까요……."

소이치로와 아야카가 부적을 고르고 모두 산 참에, 아리사는 뭔가 기대하는 기색으로 조심스럽게 이야기를 꺼냈다.

유즈루는 미소를 지으며 끄덕였다.

"노점, 보러 갈까."

"예!"

기쁜 듯 아리사는 끄덕였다.

유즈루는 소이치로와 아야카에게 "갈 거지?"라고 눈짓을 했다.

두 사람은 쓴웃음 지으며 끄덕였다.

※

"처음은 어떻게 할까요?"

"나는 따듯한 게 먹고 싶은데…… 저기, 오뎅이라든지."

"좋네요! 그렇게 해요."

아리사와 아야카, 두 사람은 자기들 멋대로 고르더니 저벅저벅 오뎅 노점으로 가버렸다.

유즈루와 소이치로는 허둥지둥 두 사람을 뒤쫓았다.

"저는 무랑 달걀이랑 다시마랑…… 유즈루 씨는 뭐가 좋나요?"

"어? 어어, 나는 딱히……."

아침은 먹었으니까.

유즈루는 그렇게 말하려고 했지만 아리사의 의도를 깨닫고 입을 다물었다.

"……아리사가 추천하는 걸로 할게."

"그런가요? 그럼…… 네모 곤약이랑, 실곤약이랑…… 어라, 비엔나소시지가 있네요? ……비엔나소시지로 하죠."

주문을 마치고 아리사는 젓가락을 써서 재주 좋게 오뎅 재료를 반으로 나누기 시작했다.

이것저것 먹어보고 싶지만, 전부 다 먹을 수야 없으니까 반씩 먹고 싶다.

아리사의 의도는 그런 쪽인 듯했다.

"오뎅에 비엔나소시지라니, 이상하지 않나 싶었는데…… 의외로 맛있네요."

"이상한가? 비교적 일반적인 것 같은데…… 포토푀에도 들어가고."

"포토푀는 양식이잖아요. 오뎅에 넣으면 맛이 변해버릴 것 같은데…… 일식에도 의외로 맞는구나 싶어서요."

유즈루로서는 오뎅에 비엔나소시지가 들어가는 것은 결코 신기한 일이 아니었지만, 아리사에게는 의외의 발견이었나 보다.

오뎅 재료는 가정에 따라 다르다.

그리고 편의점 등에서 구입하지 않는 한, 밖에서 먹을 기회도 적다.

자기 집 오뎅에 들어가지 않는 재료가 기괴하게 비치는 것은 당연하다면 당연하다.

"넣는다면, 국물은 양식 스타일로 하는 편이 나을까요? 아니, 하지만 그러면 포토푀가 되어버리고……."

"……그렇게 열심히 생각할 것까지야."

진지하게 요뎅 요리 방법을 생각하는 아리사를 보고 유즈루는 쓴웃음 지었다.

물론 아리사의 요리가 맛있어지는 것은 대환영이지만, 지금 생각할 일은 아니다.

"아니, 하지만 이건 중요한 문제라서……."

"그럼 다음에, 시험 삼아 만들어서 먹게 해줘. 나도 같이 만들게."

"음…… 저로서는 가장 맛있는 걸 먹여주고 싶은데요……."

"나는 아리사가 어떤 식으로 맛을 연구하는지도 신경 쓰여."

유즈루의 말에 아리사는 부끄러운 듯 뺨을 긁적였다.

"그런가요? ……유즈루 씨가 그런다면. ……유즈루 씨

의 감상도, 중요한걸요."

그런 두 사람의 대화를 듣던 아야카는 갑자기 소이치로를 돌아봤다.

"자, 소이치로 군. 아—앙."

"가, 갑자기 뭐야."

"아니, 이쪽도 대항할까 해서."

"딱히 경쟁할 필요도 없잖아."

갑자기 알콩달콩 시작하는 두 사람.

유즈루와 아리사는 얼굴을 마주 봤다.

"다른 사람한테는 저렇게 보이나……."

"……우리도 조심하죠."

두 사람은 새삼스럽게 그런 생각을 했다.

※

"아아…… 따듯해……."

"달콤하고 맛있네요."

감주를 마시며 아야카와 아리사는 행복해 보이는 표정을 지었다.

이미 오뎅, 타코야키에 이어서 세 번째 노점이었다.

처음부터 가고 싶어 하던 아리사는 물론, "어울려줄까"라는 태도였던 아야카 역시도 아리사와 마찬가지로 즐겁게 먹고 마시는 중이었다.

“아리사 씨는, 아침 안 먹었어?”

소이치로는 유즈루에게 작은 목소리로 귓속말했다.

유즈루는 곤혹스러워 하며 고개를 가로저었다.

“아니, 나랑 마찬가지로 먹은 것 같은데…….”

유즈루는 아리사가 만들어준 맛있는 떡국을 먹은 뒤이기도 해서 그다지 식욕은 없었다.

하지만 아리사는 그렇지도 않은 모양이었다.

“참고로 아야카는?”

“메시지로는 먹고 온다고 그랬는데. ……노점에서는 별로 안 먹도록 하겠다고.”

소이치로도 의아한 듯 고개를 갸웃거렸다.

그도 유즈루와 마찬가지로 아침을 먹고 왔으니까 그다지 식욕은 없어 보였다.

“솔직히, 힘든데.”

“응…… 정말이지, 힘들어졌어.”

유즈루도 소이치로도 아리사랑 아야카와 어울려주며 같이 먹고 있었다.

게다가 두 사람보다도 먹은 양은 많았다.

자신들은 여자니까 이렇게 잔뜩 못 먹지만, 남자라면 이 정도는 먹을 수 있겠지?

그런 느낌으로 반쯤 떠넘기고 있었다.

물론 그것은 아리사랑 아야카가 일방적으로 나쁘다는 것은 아니었다.

둘 다 제대로 유즈루와 소이치로가 먹을 수 있는지를 확인해주고 있었다.

그래서 허세를 부려서는 "이 정도는 여유"라고 대답해버린, 유즈루와 소이치로가 잘못한 것이다.

"다음은 뭐로 할까?"

"저, 저기 꼬치에 꽂은 감자칩 같은 게 신경 쓰여요."

"아, 토네이도 감자 말이지. 괜찮네."

감주를 마시며 아리사와 아야카는 다음에 먹을 것을 이야기하고 있었다.

유즈루와 소이치로는 얼굴을 마주봤다.

"어떻게 할래? 말릴까?"

"……여유롭다고 그래놓고, 새삼 무리라고 그러는 건 말이지."

허세를 부려놓고 이제 와서 기브업이라고 말하기는 힘들었다.

하지만 이 이상 먹는 것은 유즈루도 소이치로도 힘들다.

"제대로, 설득할 수 있을까……."

"그러네. ……걔들도 배는 부를 테니까."

두 사람은 아리사와 아야카가 감주를 모두 마시는 타이밍을 노려서, 말을 걸었다.

"슬슬 해산하지 않을래?"

유즈루는 입을 열자마자 그렇게 이야기했다.

그러자 아야카는 의아하다는 표정을 지었다.

"갑작스럽네. ……뭔가 예정이라도 있어?"
아야카는 아리사에게 시선을 향하며 그렇게 물었다.
유즈루와 아리사가 정월을 같이 보내는 것은 이미 알고 있었다.
데이트 예정이 있느냐고 생각했을 것이다.
"아뇨, 딱히 없었을 텐데요……?"
아리사는 의아한 듯 고개를 갸웃거렸다.
"아니, 딱히 이유는 없는데 말이지. 이제 시간도 됐고…… 좀 추우니까. 감기에 걸리는 것도 좋진 않고."
유즈루가 날씨를 변명거리로 삼자 두 사람의 얼굴에 납득하는 기색이 드리웠다.
아리사도 아야카도 추위를 느끼지 않는 것은 아니었다.
"그럼 마지막으로 따듯한 거라도 먹고 끝낼까?"
"그러네요. 단팥죽이라든지, 어떤가요?"
"좋네. 아까 저쪽에서 봤으니까……."
마지막으로 무언가 먹은 다음에 돌아가는 흐름이 되어버렸다.
하지만 유즈루의 배는 한계에 가까웠다.
아예 못 먹을 것은 아니지만 가능하다면 먹고 싶지 않았다.
"아, 아니, 좀 전에 감주 마셨으니까 단팥죽은……."
그렇게 말을 꺼낸 것은 소이치로였다.
그 역시도 유즈루와 마찬가지로 한계에 가까웠다.
하지만 그런 소이치로의 표정에 무언가를 헤아렸는지

아야카는 미소를 지었다.

"흐흐—응, 결국 한계인 거지? 솔직히 말하면 될 텐데."

"예? ……그랬나요?"

아리사 역시도 놀란 표정을 지었다.

유즈루와 소이치로는 일제히 눈을 피했다.

"아, 아니, 딱히 그런 건 아닌데 말이지?"

"너무 많이 먹으면, 그게…… 정월 초하루가 말이지?"

"명절에 찐다고들 그러잖아."

유즈루와 소이치로의 말에 생글생글 미소를 짓던 아야카의 얼굴이 굳어졌다.

아리사 역시도 심각한 표정으로 자신의 배를 문질렀다.

"……뭐, 우리도 배는 부르니까. 이쯤 해둘까."

"억지로 어울려달라고 하는 것도 미안하니까요. 해산하죠."

아야카와 아리사는 그렇게 말하더니 동의하듯 고개를 끄덕였다.

유즈루와 소이치로는 무심코 가슴을 쓸어내리는 것이었다.

※

"……유즈루 씨, 운동을 좀 하지 않을래요?"

귀가한 후, 아리사는 갑자기 그런 말을 꺼냈다.

이유는 말할 필요도 없었다.

새삼스럽지만 너무 많이 먹었다고 생각했을 것이다.

생각해보면 유원지 뷔페에서도 꽤나 먹었다.

이래서야 정월이 지날 무렵에는 또다시 다이어트를 해야만 한다.

그리고 과식한 것은 유즈루도 마찬가지였다.

정월이 지날 때까지는 아리사와 지내는 것을 생각하면 운동량은 늘리는 편이 낫다.

……아리사의 요리는 너무 맛있으니까 그만 과식해버리는 경향이 있었다.

"그건 괜찮은데, 뭐로 할래?"

문제는 어떤 운동을 하느냐이다.

쉬운 것은 러닝이나 근육 트레이닝이지만, 정월에 굳이 하고 싶으냐면 미묘한 참이었다.

"하네츠키(새의 깃털로 만든 공을 나무로 만든 채로 치면서 즐기는 전통적인 놀이. 일본 정월에 많이 한다는 이미지가 있다.)라든지, 어떨까요? 정월이니까."

"하네츠키인가. 괜찮지 않을까?"

전통적인 정월 놀이라면 다양한 종류가 있지만, 하네츠키는 그중에서도 운동량이 많을 듯했다.

문제가 있다면 놀이 도구가 필요하다는 것이었다.

적어도 유즈루는 가지고 있지 않았다.

"사러 갈까? 아니면 테니스 라켓 같은 걸 대신 쓸까?"

"제대로 준비했으니까 안심해요."

아리사는 그러더니 자기 여행 가방을 끄집어냈다.
아무래도 채와 공, 둘 다 준비했나 보다.
다이어트와는 관계없이 처음부터 놀 생각이었을 것이다.
"오오! 역시 아리사. 그럼 바로 할까."
"예. 다만…… 하나, 부족한 게 있어서요."
"부족한 거?"
유즈루는 무심코 고개를 갸웃거렸다.
유즈루가 아는 한, 하네츠키는 나무 채와 깃털 공을 서로에게 쳐서 릴레이를 하는, 간단한 게임이다.
특별한 시설이나 도구가 필요할 것 같지는 않았다.
"예. 먹물 갖고 있나요?"
"……먹물? 아, 그러고 보니 벌칙이 있었던가?"
유즈루는 하네츠키를 한 적은 없었다.
하지만 공을 떨어뜨린 쪽은 얼굴이 먹물로 낙서를 당한다는 벌칙 같은 것이 있다고 들은 적이 있었다.
"벌칙이 아니에요. 액운을 물리치기 위해 얼굴에 먹물을 칠하는 거예요. 그러니까 제대로 얼굴에 먹물을 칠해야지, 빼먹으면 안 돼요."
"그렇구나. 이유는 잘 알겠는데…… 괜찮겠어? 먹물, 안 지워지면 곤란하잖아?"
적어도 유즈루는 얼굴에 먹물을 칠한 상태로 생활하고 싶지는 않았다.
그것은 아리사도 마찬가지일 터.

"클렌저를 쓰면 간단히 지울 수 있어요. 게다가…… 공을 떨어뜨리지 않으면 그만이라고요?"

아리사는 씨익 미소를 지으며 말했다.

생각지 않은 도발에 유즈루는 잠시 어안이 벙벙했지만 금세 미소를 되찾았다.

"그래, 알겠어. ……후회해도 모르니까 말이지?"

"바라는 바예요."

그러자고 결정하면 이야기는 빠르다.

두 사람은 하네츠키 준비를 시작했다.

아리사는 테이블 따위를 치워서 공간을 만들고 유즈루는 먹물을 준비했다.

그리고 움직이기 편한, 더러워져도 되는 옷으로 갈아입었다.

"방음은 제대로 되니까 문제는 없을 테지만…… 일단 아래층 소음에는 주의하면서 할까."

주의를 하면서 할 정도라면 그냥 밖에서 하면 되지 않을까.

그렇게 생각할지도 모르겠다.

하지만 유즈루도 아리사도 얼굴에 먹물을 칠한 상태로, 잠깐이라고는 해도 밖을 돌아다니고 싶지는 않았다.

그래서 암묵적인 합의라는 형태로 실내에서 하게 되었다.

"알고 있어요. 그럼…… 자!"

아리사는 작게 기합을 넣으며 공을 던지더니 채로 가볍게 쳤다.

땅, 높은 소리가 울리고 공이 하늘을 날았다.

"하앗."

유즈루는 그것을 받아쳤다.

호를 그리며 공이 아리사의 채로 빨려 들어갔다.

"으차."

또다시 공이 날아올랐다.

유즈루는 그것을 맞받아치고, 아리사도 맞받아쳤다.

둘 다 운동 능력은 낮지 않고, 애당초 경쟁하는 것도 아니니까 그 랠리는 길게 이어졌다.

하지만 언젠가는 반드시 끝나버리는 법이다.

""앗……""

유즈루의 채 바로 옆을 공이 지나갔다.

원인은 아리사가 낙하지점 조절을 그르친 것, 그리고 유즈루가 그것을 미처 따라가지 못해서였다.

누가 일방적으로 잘못한 것은 아니었다.

하지만 규칙은 규칙이다.

"그럼…… 유즈루 씨, 각오해요."

"……응."

아리사는 미안하다는 표정을 지으면서도 먹물을 묻힌 붓을 유즈루의 얼굴로 가져다댔다.

유즈루는 아리사가 그리기 편하도록 뺨을 댔다.

부드러운 붓끝이 유즈루의 얼굴을 덧그렸다.

"하트예요. 후후, 귀여워요."

쿡쿡 아리사는 즐겁게 웃었다.
"……웃을 수 있는 것도 지금뿐이라고?"
유즈루는 그러면서 공을 채로 쳤다.
아리사도 그것을 맞받아쳤다.
잠시 랠리가 이어지고…… 이번에는 아리사가 공을 떨어뜨렸다.
"아아……."
"좋았어! ……그럼 가만히 있어봐."
"예. ……이상한 건 그리지 말라고요."
아리사는 그러면서 유즈루에게 뺨을 향했다.
유즈루는 붓에 먹물을 찍으며 이 하얀 피부에 무엇을 그려줄지 생각했다.
남자들끼리 한다면 더러운 것을 태연하게 그려주겠지만…… 상대는 소중한 약혼자다.
당연히 그런 것은 못 그린다.
"……좋아."
잠시 생각한 뒤, 유즈루는 아리사의 뺨에 붓을 움직였다.
그러자 아리사는 간지러운 듯 몸부림쳤다.
"……뭘 그렸나요?"
감각적으로 '○'나 '×' 같은, 흔한 기호가 아니라고 느꼈을 것이다.
조마조마하는 모습으로 유즈루에게 물었다.
자신의 얼굴에 영문 모를 무언가를 그리는 것은 역시나

불안한가 보다.

"그건 완성한 이후의 즐거움으로."

유즈루는 아리사의 뺨에 적힌 '귀'라는 글자를 보며 그렇게 말했다.

이것은 첫 번째 글자이니까 이것만으로 의미는 안 통한다.

최소한 세 번은 아리사가 공을 떨어뜨리지 않고서는 완성되지 않는다.

"……완성하기 전에 유즈루의 씨의 얼굴을 먹물로 덮어 줄게요."

아리사는 울컥한 표정으로 그러더니 채로 공을 쳤다.

이리하여 두 사람은 얼굴에 그릴 공간이 없어질 때까지 하네츠키를 계속했다.

※

"으, 으—음…… 이건 너무하네."

하네츠키를 끝낸 뒤.

거울에 비치는 하트로 가득한 얼굴을 보며 유즈루는 무심코 중얼거렸다.

아리사가 유즈루의 얼굴에 하트를 계속 그렸다는 것은 알았지만, 실제로 보니 무척 지독했다.

한편 아리사는 쿡쿡 즐겁게 웃었다.

"후후후, 귀여워요."

"……귀엽다, 인가."

아리사의 말에 유즈루는 무심코 웃어버렸다.

의아하다는 듯 미간을 찡그리는 아리사에게 유즈루는 거울을 들이밀었다.

"무슨……."

그러자 아리사의 표정이 굳어졌다.

아리사의 뺨에는 "귀여워"라고 적혀 있었다.

"이래서는 제가 나르시스트 같잖아요."

부끄러워서 그런지 아리사는 살짝 뺨을 붉히며 말했다.

"괜찮잖아. 사실이니까."

"……그건 어느 쪽 말인가요?"

"'귀여워' 쪽이야. 실제로 아리사는 귀여워."

"……치, 칭찬해도 아무것도 안 나와요."

유즈루의 말에 아리사는 수줍어했다.

'단순하다'로 할 것을 그랬나, 유즈루는 조금 후회했다.

"기왕이니까 사진 찍지 않을래?"

"예? 사진으로 남길 건가요?"

유즈루의 제안에 아리사는 조금 싫다는 표정을 지었다.

먹물을 칠한 얼굴을 사진으로 남기는 것은 그다지 마음에 안 드는 모양이었다.

그 기분은 유즈루도 마찬가지였다.

"추억으로, 안 될까?"

하지만 유즈루는 그 이상으로 아리사의 "귀여워" 얼굴을

남겨두고 싶었다.

내년에도 또 하네츠키를 해줄지는 알 수 없고, 얼굴에 먹물을 칠해주지는 않을지도 모른다.

"귀여워?" 아리사는 지금뿐인 것이다.

"어—, 하지만……."

"나도 같이 찍을 테니까…… 부탁이야."

"……어쩔 수 없네요. 유즈루 씨도 같이 찍어요."

유즈루도 같이 찍어준다면.

아리사는 떨떠름하지만 그렇게 승낙해주었다.

"좋아. 그럼 같이 찍자."

유즈루는 아리사의 마음이 변하기 전에 휴대전화를 꺼냈다.

그리고 아리사 옆에 앉더니 그녀의 어깨에 손을 둘렀다.

"자, 가까이 와봐."

"이렇게, 말인가요?"

자기 얼굴과 아리사의 얼굴이 화면에 나온 참에, 유즈루는 휴대전화 버튼을 눌렀다.

찰칵, 소리가 나고 유즈루와 아리사의 얼굴이 남았다.

"……제 얼굴만 너무 중심에 있는 거 아닌가요?"

촬영된 사진을 보고 아리사는 불만스러운 표정을 지었다.

두 사람의 투샷 사진이지만, 굳이 따지자면 아리사가 메인이 되어버렸다.

물론 이것은 의도적이었다.

유즈루가 남기고 싶었던 것은 자기 얼굴이 아니라 아리사의 얼굴이니까.

"불만이라면 한 번 더 찍을래?"

"……아뇨, 이걸로 됐어요."

유즈루의 제안에 아리사를 고개를 가로저었다.

구도에 불만은 있지만 이 이상 사진을 찍히는 것은 싫었나 보다.

유즈루는 조금 아쉬웠지만 강요할 수는 없으니까 포기하기로 했다.

"이제 저녁이니까, 얼굴 씻고 나서 식사할까. 으음……."

유즈루는 다음 말을 입에 담으려다가 우물거렸다.

어느 것을 제안할 기회라고 생각하는 것과 동시에, 주저하고 만 것이었다.

"무슨 일 있나요?"

아리사는 어리둥절한 표정으로 유즈루에게 물었다.

뒷말을 재촉하자 유즈루는 황급히 얼버무렸다.

"……먼저 들어가도 돼."

그것은 꺼내려고 했던 말과는 다른 내용이었다.

하지만 다행히도 아리사는 얼굴을 빨리 씻고 싶다는 생각이 앞섰나 보다.

딱히 의문을 품는 기색도 없이 끄덕였다.

"고마워요. 그럼 먼저 씻을게요."

그러면서 아리사는 욕실로 사라졌다.

아리사의 모습이 사라진 뒤, 유즈루는 무심코 어깨를 떨어뜨렸다.

"으—응, 어렵네……."

유즈루는 머리를 긁적이며 한숨을 내쉬었다.

그리고 어렴풋이 들리는 샤워 소리를 들으며 괴로운 시간을 보냈다.

평소의 샤워 시간보다도 조금 긴 시간이 지난 뒤, 아리사는 욕실에서 나왔다.

살짝 붉어진 뺨에서 "귀여워"는 완전히 사라지고 평소의 희고 아름다운 피부로 돌아왔다.

"……훗."

그리고 아리사는 돌아오자마자 유즈루의 얼굴을 보고 웃었다.

"웃지 말라고…… 그린 건 너잖아."

"미안해요. 방심했어요. ……빨리 지우도록 해요."

아리사는 웃음을 애써 참는 듯한 표정으로 말했다.

유즈루도 빨리 얼굴을 씻어버리고 싶었기에 욕실로 향했다.

물과 비누, 그리고 아리사에게 빌린 클렌저도 사용해서 얼굴을 씻었다.

"같이 얼굴을 씻자고는…… 역시나 말하기 힘드네."

같이 욕실에 들어와서 서로의 몸을 씻겨준다.

그런 애인과의 이상적인 시간을 얻은 기회를 날려버린

유즈루는 무심코 한숨을 내쉬었다.

※

유즈루가 샤워를 마쳤을 때는, 이미 아리사는 부엌에 서 있었다.

육수를 내는 중이었다.

국물 요리를 만드나 보다.

"난 뭘 하면 될까?"

"……그러네요."

유즈루의 물음에 아리사는 잠시 생각하더니 대답했다.

"이제부터 찬합에 요리를 담을 테니까, 불을 봐줘요."

"……알았어."

그것은 실질적으로 전력 외 통보 아닌가?

유즈루는 그렇게 생각했지만 아리사의 지시에 따르기로 했다.

유즈루는 가만히, 아리사의 수제 육수팩이 물속에서 춤추는 모습을 바라봤다.

하지만 그것만으로는 질려버리니까, 유즈루는 옆에서 계속 작업 중인 아리사에게 시선을 향했다.

아리사는 사전에 만든 정월 요리를 찬합에 담고 있었다.

"담는 것뿐이라면 나라도……."

"그냥 담는 것뿐인 게 아니라, 깔끔하게 담았으면 좋겠는데요. 할 수 있겠어요?"

"……아니, 그만둘게."

빈말로도 유즈루의 미적 센스는 좋다고 할 수 없었다.

나중에 아리사가 다시 손을 댈 것 같으니까, 유즈루는 애초에 손을 대지 않기로 했다.

"유즈루 씨, 부탁할 게 있는데 괜찮을까요?"

"예, 뭐든지!"

"……훗, 미안해요."

유즈루의 반응이 재미있었는지 아리사는 작게 웃었다.

그리고 유즈루에게 지시를 내렸다.

그것은 냉동실에서 요리를 꺼내어 해동하는 작업이었다.

아무리 그래도 그 정도라면 유즈루도 할 수 있다.

"알았어."

"……혹시 몰라서 말인데, 전부 한꺼번에 해동하진 말라고요? 오늘 쓸 만큼만 해동하는 거라고요?"

"나, 나도 알아."

한꺼번에 전자레인지에 넣으면 그만이라고 생각했던 유즈루는 식은땀을 흘리면서도, 일단 내열 용기로 옮긴 다음에 요리를 해동했다.

해동이 끝나면 그것을 아리사에게 건넨다.

아리사가 담는 동안에 또 다른 요리를 해동한다.

"다음은 이걸 쓰도록 해요."

아리사는 그러면서 처음에 사용한 내열 용기를 유즈루

에게 건넸다.

조금 전까지 요리가 들어 있기도 해서 조금 지저분했다.

"알았어."

"혹시 몰라서 말인데……."

"제대로 닦은 다음에 쓸게. 그러면 되겠지?"

"그거예요."

요리의 맛이 섞이지 않도록 유즈루는 키친타월로 묻은 것을 닦아낸 뒤, 거기에 다른 요리를 넣고 데웠다.

"이걸로 마지막인가?"

"예. ……완성이에요. 그럼 유즈루 씨는 떡을 구워줘요. 저는 국물을 완성할 테니까."

"알았어."

유즈루는 냉장고를 열고 떡을 두 조각 꺼냈다.

오븐 안에 넣고 떡이 너무 구워지지 않도록 감시했다.

너무 구워지면 전병처럼 되어버리는 것이다.

그건 그것대로 맛있지만, 하지만 지금은 평범한 떡을 먹고 싶다. 아리사도 마찬가지일 터.

"응…… 조금 더 짠맛이 있는 편이 나을까요?"

떡이 구워지는 상황을 살피는데, 옆에서 그런 목소리가 들렸다.

시선을 향하자 아리사는 작은 접시를 입에 대고 있었다.

국물의 맛을 보는 듯했다.

"유즈루 씨. 확인을 좀 해줄 수 없을까요?"

"내가 알 수 있을까……."

유즈루는 쓴웃음 지으면서도 아리사에게서 접시를 받아 들었다.

국물의 맛을 확인했다.

평소 그대로이기는 하지만, 육수의 향기가 감돌아서 무척 맛있었다.

하지만 확실히 부족한 점은 있었다.

"그러네. ……조금 더 짠맛이 있는 편이 나을지도 모르겠어."

"역시 그렇죠. 으—음, 이 정도일까요……."

아리사는 손가락으로 소금을 집어 들더니 조금씩 국물 안에 넣었다.

가볍게 휘저은 뒤, 다시 작은 접시에 담아서 맛을 확인했다.

"……응. 유즈루 씨도 맛을 볼래요?"

"알았어."

유즈루는 아리사에게 받아든 작은 접시를 기울이며 또 다시 맛을 확인했다.

그러자 조금 전보다도 확실한 맛이 느껴졌다.

"괜찮은 느낌 아닌가?"

"그렇다면 잘 됐네요. 그럼 이걸로 완성하죠. ……떡은 어떤가요?"

아리사의 물음에 유즈루는 오븐을 확인했다.

유리 너머로 보이는 떡은 크게 부풀어 있었다.
유즈루는 문을 열고 안을 확인했다.
“이것도 괜찮을 것 같아. ……간장이랑 김이면 되겠지?”
“예. 부탁할게요.”
유즈루는 떡을 꺼내어 그것을 간장에 담갔다.
그리고 냉장고에 넣어둔 김을 꺼내어 가볍게 가스레인지로 구웠다.
그대로 감는 것보다도 굽는 편이 향긋해서 맛있어지는 것이다.
……물론 아리사에게 배운 방법이지만.
두 사람은 찬합과 떡, 국물을 거실로 옮기고는 요리를 먹기 시작했다.
“맛은 어떤가요?”
“단맛을 자제했다는 느낌이라 좋네.”
유즈루는 콩자반을 입으로 옮기며 말했다.
사먹는 콩자반은 너무 달 때도 있지만, 아리사가 만들어준 콩자반은 담백해서 유즈루 취향의 맛이었다.
“그건 다행이네요. 더 있으니까 마음껏 먹도록 해요.”
“그럼 감사히.”
아리사가 만들어준 정월 요리는 각양각색이라 정석적인 것부터, 평범한 정월 요리에는 안 들어갈 듯한 특이한 것도 있었다.
정월 요리는 너무 달거나 짜거나, 둘 중 하나라서 유즈루는 그다지 즐기지 않지만, 이러면 질리지 않고 즐겁게 먹을 수 있다.

"따듯한 반찬이 들어 있는 건 좋네."

유즈루는 칠리새우를 먹으며 말했다.

정월 요리는 장기보존이 전제라서 차가운 종류가 많은데, 역시 따듯한 것이 있는지 없는지로 크게 차이가 났다.

"레인지로 다시 데웠을 뿐이지만요. ……유즈루 씨네 집에서는 어떤 느낌인가요?"

"평범하게 그냥 사다 먹어. ……어묵이라든지, 니시키타마고 같은 건 따로 사기도 하지만."

유즈루의 집에서는…… 그렇다기보다는, 최근의 일반 가정에서는 그저 사 와서 그대로 먹는 것이 보통이리라.

굳이 직접 만드는 경우가 드물다.

그리고 그것을 당일에 굳이 찬합에 다시 담는 것도 보기 드물 터.

"그렇군요. 어묵이라면, 푸드 프로세서가 있다면 의외로 간단히 만들 수 있는데요……."

"이거, 직접 만든 건가……."

유즈루는 국물 안에 들어 있는 어묵을 젓가락으로 집어 들며 중얼거렸다.

판매하는 것과 비교해도 보기에 손색없었다.

맛은 훨씬 뛰어났다.

"이렇게까지 만들어주다니, 아무리 그래도 미안해지는

데…….”

“좋아서 하는 일이니까요. ……몇 안 되는 특기고요.”

유즈루의 말에 아리사는 그러면서 미소 지었다.

“미안하다고 느낄 정도라면, 좀 더 칭찬해줘요.”

“역시 아리사. 요리의 천재. 엄청 맛있어. 귀여워.”

“에헤헤.”

유즈루의 말에 아리사는 기분 좋은 듯 웃었다.

“그러는 유즈루 씨도…… 떡을 잘 구웠네요.”

“고, 고마워. ……딱히 실력이 필요한 건 아니라고 생각하지만.”

“상상보다도 잘 구웠으니까요.”

“그, 그런가? ……아니, 그건 좀 너무하지 않아?”

한순간 유즈루는 칭찬을 받았다고 느꼈지만, 냉정해져서 깨달았다.

떡조차 제대로 못 굽는다고 생각했다는 의미라고.

“후후, 농담이에요.”

아리사는 그러면서 즐겁게 웃었다.

아리사가 떡을 전부 먹은 참에, 유즈루는 일어섰다.

“추가로 더 구울까 싶은데…… 아리사는 어떻게 할래?”

“그러네요. 그럼, 저도…… 아뇨, 됐어요.”

아리사는 퍼뜩 놀란 표정으로 고개를 가로저었다.

유즈루는 무심코 쓴웃음 지었다.

아무래도 체중을 신경 쓰는 듯했다.

"……정말로? 점심, 안 먹었잖아?"
유즈루도 아리사도 아침에 잔뜩 먹기도 해서 점심은 걸렀다.
그래서 조금 이른 저녁 식사인데…… 제대로 운동을 하기도 해서, 적어도 유즈루는 나름대로 배가 고팠다.
"그, 그러네요. ……두 개로 해둘게요."
역시 먹고 싶었나 보다.
유즈루가 무심코 웃자 아리사는 미간을 찡그렸다.
"……뭔가요?"
"아니, 아무것도 아냐."
유즈루는 그러고는 새로 떡을 굽는 것이었다.

※

정월이 지나고 1월 중순의 어느 날.
그날은 유즈루와 아리사……라기보다는 고등학교 2학년에게 무척 중요한 날이었다.
"어땠나요? 유즈루 씨……."
조금 불안하다는 표정으로 아리사는 유즈루에게 물었다.
유즈루는 쓴웃음 지으며 대답했다.
"……생각했던 것보다는, 못 했을까?"
"그, 그런가요."

유즈루의 대답에 아리사는 안도한 표정을 지었다.

"……그런데 혹시 볼 수 있을까요?"

아리사는 조심스럽게 물었다.

감출 법한 것도 아니고, 유즈루도 아리사 것을 확인하고 싶었기에 받아들였다.

"괜찮아. 대신에 네 것도 보여줘."

"예."

두 사람은 수중의 종이를…… 조금 전에 막 푼, 공통시험 문제를 교환했다.

아리사의 점수와, 틀린 문제 등을 확인했다.

자신이 있는 과목과 없는 과목에 따라서 점수가 고르지 못하기는 하지만, 합계 점수는 유즈루와 아리사 사이에 큰 차이는 없었다.

"와아…… 유즈루 씨. 영어는 완벽하잖아요?"

"그러는 너도 세계사라든지, 꽤 풀었잖아. ……나는 생각했던 것보다도 모르는 부분이 많았어."

"평상시부터 복습하니까요. ……개인적으로는 수학과 국어의 시간 배분이 걱정이에요. 이번에는 마지막까지 다 못 풀었어요…… 혹시 이게 실전이었다고 생각하면……."

아리사는 몸을 부르르 떨었다.

유즈루와 아리사는 아직 고등학교 2학년이라 진짜 수험을 맞이하지는 않았다.

이번에 푼 것은 올해 막 공개된 문제였다.

수험까지 1년을 앞둔 이 타이밍에, 자신의 실력이 어느 정도인지 알아보기 위해서 풀어보자……라는, 그런 의도였다.

유즈루도 아리사도 공부에는 나름대로 자신이 있고, 교외 모의고사 성적도 나쁘지는 않았지만…….

생각했던 것보다도 풀 수가 없었다, 그런 결과로 마무리되었다.

"시간 배분에 대해서는 횟수를 거듭해서 익숙해질 수밖에 없을까. ……이런 건 역시 모의고사를 잔뜩 치르는 게 나을까?"

"푸는 방법도 궁리를 해야 할지도 모르겠네요. 순서라든지…… 역시 요령 같은 게 있을까요? ……학원 같은 곳을 다니는 편이 나을까요?"

"춘계 강습에 가는 건 괜찮을지도……."

이제 내년 시험까지 1년이 채 안 남은 것이다.

유즈루도 아리사도 본격적인 시험 대책에 나서야만 하는 시기였다.

"그러고 보니 아리사는 지망하는 학교라든지, 있어?"

문득 의문스럽게 생각한 유즈루는 아리사에게 그렇게 물었다.

물론 유즈루도 아리사와 오래 알고 지내며 모의고사 결과를 본 적도 있으니까 대략 파악하고는 있지만…….

본인에게 직접 지망 학교에 대해서 들은 적은 없었다.

"딱히 없어요."
"아, 역시?"
아리사가 지망 학교로 적던 대학교에는 그다지 통일감은 없었다.
혹시 공통점이 있다면, 하나뿐.
"목표로 한다면 위를 노렸으면 좋겠다고 생각해요. 그리고 일단 국립대를 목표로 할 생각이에요. ……수험 과목은 늘리는 건 어렵지만 줄이는 건 간단하니까요."
일반적으로 사립대 쪽이 수험 과목 숫자는 적다.
물론 국립대와 사립대는 문제의 경향이 다르니까, 단순히 수험 과목이 적으니까 후자의 대책이 더 간단해지지는 않지만…….
도중에 수험 과목을 늘리는 것보다는 줄이는 쪽의 방향 전환이 더 쉽다.
선택지는 많을수록 좋다.
다만 두 마리 토끼를 쫓다가 한 마리도 못 잡는 일은 종종 있으니까, 목표가 있다면 그것으로 좁히는 편이 낫겠지만.
"유즈루 씨도…… 마찬가지죠?"
"뭐, 그렇지."
유즈루도 아리사와 비슷했다.
특별히 가고 싶은 대학은 없지만, 가능한 한 위를 목표로 하고 싶다는 기분은 있었다.
"지망 학부는 어딘가요?"

"학부? ……법률 계열이나 경제 계열일까?"

"호오…… 조금 의외네요."

"그런가?"

유즈루는 무심코 고개를 갸웃거렸다.

유즈루는 일단 문과다.

문과가 지망할 곳이라면 법학부나 경제학부는 메이저할 것이다.

"아뇨…… 경영학부 같은 게 아니어도 될까 싶어서."

"아…… 그렇구나."

장래에 유즈루는 가문을 잇는 것을 생각하면, 경영학부는 최적의 해답처럼 보인다.

"그런 건 아버지한테 배울 생각이니까."

실제로 유즈루의 아버지는 그에게 마음에 드는 곳으로 가면 된다고만 이야기했다.

대학의 지명도 같은 것도 신경 쓰지 않는 모양이었다.

최소한 학위만 딴다면 충분하다…… 그런 분위기였다.

"아아…… 하지만 유학은 가라고 그랬으니까. 도중에 해외 대학교에서 1, 2년 정도는 다닐 거라 생각해."

"그렇군요…… 저도 가는 편이 나을까요?"

"으—음, 뭐, 안 가는 것보다는 가는 게 인생의 경험이 되지 않을까? ……무리할 것까지야 없다고 생각하지만."

자신이 가는 것에는 딱히 무서울 것도 없지만, 아리사가 간다면 조금 걱정이 되었다.

한편 아리사는 고개를 가로저었다.

"주저하는 마음이 없지는 않지만…… 굳이 따지자면 가보고 싶다는 마음이 강해요."

"그런가. ……그럼 그때는 같이 갈까."

"그러네요. 유즈루 씨와 함께라면 안심이에요."

유즈루의 말에 아리사는 그러면서 미소 지었다.

그런 아리사에게 이번에는 유즈루가 물었다.

"참고로 아리사는 있어? 지망 학부."

"딱히 없지만…… 그러네요. 장래에 도움이 될 법한 학문을 배우고 싶어요."

"그렇다면…… 구체적으로는?"

"그 부분이 문제라서…… 그게, 뭐가 좋을까요?"

"……흠?"

유즈루는 무심코 고개를 갸웃거렸다.

약혼자라고는 해도 아리사의 인생은 아리사 것이니까 유즈루가 결정할 일은 아니었다.

그래도 되고 싶은 직업이 있다면 그렇게 묻지는 않을 것이다.

장래의 문호를 넓히기 위해서는 어떤 학부가 좋은가…… 그런 상담이라고 받아들인 유즈루는 잠시 생각한 뒤에 대답했다.

"법학부 같은 곳은 비교적 실질적이지 않을까?"

"법학부인가요…… 역시 법률 지식은 있는 편이 나을

까요?"

"……없는 것보다는 있는 게 낫지 않나?"

다만 살아가면서 최소한의 지식은 자연스럽게 익히는 법이다.

애당초 일정한 사회상식이 있다면 법을 어길 일도 없다.

필수불가결하다고 그러기에는 미묘했다.

"학부보다도 자격이라든지, 영어 시험 점수 쪽이 더 도움이 될지도."

"영어 시험은 몰라도, 자격인가요. ……예를 들면 어떤 걸까요?"

"그건 직업에 따라 다를 수밖에……."

유즈루의 말에 아리사는 의아하다는 표정을 지었다.

"……유즈루 씨에게 도움이 되려면 어떤 자격, 어떤 직업일까요?"

"어?!"

아리사의 말에 유즈루는 무심코 놀란 목소리를 높였다.

그러자 아리사는 불만스러운 표정을 지었다.

"이상……한가요? 그게…… 장래에 유즈루 씨의 아내가 될 사람으로서, 유즈루 씨에게 도움이 될 공부를 했으면 좋겠다고 생각하는데요."

"아니, 이상하지 않아. ……마음은 엄청 기뻐."

"……마음은?"

"……나 자신도, 장래를 위해 도움이 될 학문이라고 그래도 알 수가 없으니까 말이지."

유즈루 스스로도 장래에 무엇을 공부하면 될지, 알 수가 없는 것이었다.

자신의 아내가 어떤 학문을 공부하고 어떤 자격을 가지기를 원하는지, 구체적인 이야기를 할 수 있을 리도 없다.

그리고 아리사의 인생에 대해 무책임한 조언을 할 수도 없었다.

"모처럼의 대학 생활이니까 좋아하는 걸 공부하면 되지 않을까? 서로."

"그런가요? 으—음…… 좋아하는 것이라고 해도, 어렵네요……."

"좋아하는 물건은 없어? 그것과 관련된 일은……."

유즈루의 물음에 아리사는 그의 팔에 자신의 팔을 감았다.

그리고 조금 부끄럽다는 표정으로 속삭였다.

"좋아하는 물건이라고 할까…… 좋아하는 사람은, 유즈루 씨에요."

"그건 기쁘지만…… 나를 연구하는 학문은 없으니까 말이지."

유즈루는 그러면서 아리사의 어깨를 끌어안았다.

"그럼…… 같은 대학에 가지 않을래? 같은 캠퍼스에 다니고, 같이 살자."

유즈루는 아리사의 귓가에 속삭였다.

그러자 아리사는 작게 몸부림쳤다.

"그건 좋은 생각이에요. ……그렇게 해요."

"그를 위해서는…… 공부, 열심히 해야겠네."

"예."

두 사람은 입술과 입술을 겹쳤다.

# 맞선 보고 싶지 않아서
# 억지스러운 조건을 달았더니
# 동급생이 온 일에 대해서

## 제3장

## 약혼자와 밸런타인

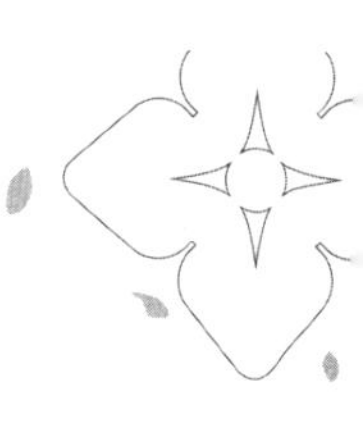

2월 14일.

그것은 여자가 평소부터 신세를 지는 남자에게 초콜릿을 선물하는 날이다.

당연히 유즈루는 아리사의 초콜릿을 기대하고 있었다.

작년과는 달리, 반드시 받을 수 있다고 생각했다.

……그래서 아침부터 초콜릿의 '초' 자도 꺼내지 않는 아리사를 상대로 유즈루는 안달복달하고 있었다.

"춘계 강습 말인데요, 저도 이것저것 조사를 해봐서……."

공부에 대해서, 수험에 대해서 아리사는 진지한 이야기를 해주고 있지만, 유즈루는 그런 것보다도 밸런타인 일로 머리가 가득했다.

어쩌면 아리사는 자신을 싫어하게 되어버렸나?

설마, 그럴 일은 없다.

오늘 아침에도 인사의 키스를 했다.

싫어하는 사람과 키스를 해줄 리가 없다.

그럼 화가 났나?

하지만 오늘 아침의 아리사는 기분이 아주 좋은 정도는 아니지만, 나쁜 것도 아닌 듯 보였다.

그렇다면…….

"그래서 유즈루 씨는 어디가……."

"……아리사. 물어보고 싶은 게 있는데, 괜찮을까?"

유즈루는 아리사의 말을 가로막듯이 말했다.

그 행동에 아리사는 싫은 내색 하나 없이 작게 고개를 갸웃거렸다.

"뭘까요?"

"……오늘, 무슨 날인지 알아?"

"……예?!"

어쩌면 밸런타인을 잊어버린 것은 아닐까.

그렇게 생각한 유즈루가 아리사에게 묻자 그녀는 의아한 듯 고개를 갸웃거렸다.

"무슨, 특별한 날이었던가?"

"……."

"농담이에요. 그런 표정 하지 말아요."

침울한 표정의 유즈루에게 아리사는 웃으며 말했다.

놀린다는 것을 깨달은 유즈루는 무심코 미간을 추어올렸다.

"그만해. 못 받겠다고 생각했잖아."

"그렇게나 초콜릿, 좋아하나요?"

"아니, 좋아하는 건 초콜릿이 아니라 넌데."

초콜릿을 원하는 것은 아니다.

아리사가 주는 초콜릿을 원하는 것이다.

아니, 아리사가 주기만 한다면 굳이 초콜릿일 필요성은 낮았다.

"준비했으니까 안심해요. 수업 끝난 다음에 줄게요."

"그, 그래? 그럼, 기대하고 있을게."

아리사가 잊어버리지 않았다는 것을 알고 유즈루는 안도의 한숨을 내쉬었다.

그런 대화를 나누는 사이, 두 사람은 학교에 도착했다.

유즈루는 신발장을 열었다.

"어……."

유즈루는 무심코 그런 목소리를 흘렸다.

그곳에는 귀여운 리본과 포장지로 장식된 상자가 들어 있었다.

유즈루가 굳어 있었더니, 아리사가 유즈루의 신발장을 들여다봤다.

"왜 그래요? ……이거 줘봐요!!"

아리사는 퍼뜩 놀란 표정을 짓더니 유즈루의 신발장으로 손을 집어넣었다.

그리고 상자를 난폭하게 꺼냈다.

"열어 볼게요?"

"아, 예."

유즈루는 끄덕였다.

아리사는 포장지를 찢듯이 상자를 열었다.

그곳에는 초콜릿과 메시지 카드가 들어 있었다.

진심 초콜릿이라고 생각했어?
아쉽네요, 의리 초콜릿이었습
by AYAK

——진심 초콜릿이라고 생각했어? 아쉽네요, 의리 초콜릿이었습니다! by AYAKA——

"장난치지 말라고요!!"

아리사는 그렇게 외치더니 분개한 표정을 지으며 초콜릿을 상자째로 유즈루에게 건넸다.

"이건 먹어도 돼요."

"그, 그렇습니까."

아리사의 험악한 모습에 압도당하며 유즈루는 끄덕였다.

그리고 두 사람은 실내화로 갈아 신고 교실로 향했다.

"유즈루 씨, 책상 안, 확인하게 해줘요."

"얼마든지 조사해."

아리사는 경계하는 기색으로 유즈루의 책상 안을 들여다봤다.

확인을 마치고 고개를 든 아리사의 표정에서는 경계하는 기색은 희미해졌다.

"아무것도 없었어요."

"그건 다행이네."

작년의 그 일을 생각해도, 친구가 아닌 다른 사람의 초콜릿을 받는다면 아리사의 기분이 나빠지는 것은 눈에 선했다.

아리사는 화나면 무서우니까 초콜릿이 들어 있지 않았던 것은 유즈루에게도 다행이었다.

"그럼 저는 아야카 씨한테 한마디 하고 올게요."

"다녀오세요."
아리사는 어깨를 들썩이며 아야카의 자리로 향했다.
유즈루가 그 뒷모습을 지켜보는데…….
"이것 참, 인기 있는 남자는 힘들겠네."
"호랑이 꼬리를 밟을 사람, 굳이 확인할 필요도 없고 있을 리도 없다고 생각하는데."
치하루와 텐카가 말을 걸었다.
두 사람은 각자 예쁘게 포장된 상자를 들고 있었다.
"둘 다 안녕. 으음, 이 상자는……."
"받아줘요. ……아리사 씨한테는 비밀이라고요?"
"비밀로 할 필요도 없어. 의리 초콜릿이니까."
치하루와 텐카는 그러면서 유즈루에게 초콜릿이 든 상자를 건넸다.
"고마워. 잘 먹을게."
유즈루의 인사를 듣고 두 사람은 도망치듯 그 자리에서 떠났다.
거의 동시에 아리사가 유즈루 곁으로 돌아왔다.
"유즈루 씨…… 아! 눈을 뗀 틈에!!"
"의리야, 의리. 저기, 두 사람이 준 거……."
유즈루는 변명하듯 치하루와 텐카를 가리켰다.
그러자 두 사람은 자신들이 주었다고 그러듯이 작게 손을 흔들었다.
아리사는 안도의 한숨을 들렸다.

"그럼, 괜찮아요."

"먹어도 돼?"

"받은 걸 남기는 건 실례라고 생각해요. ……신원이 밝혀져 있는 거라면 이상한 게 들어 있지도 않을 테니까, 괜찮겠죠."

아리사는 그러면서 크게 끄덕였다.

그러고는 팔짱을 끼고 거듭 확인하듯 말했다.

"하지만…… 먹는 건 제 초콜릿을 먹은 다음이에요. ……알겠죠?"

"당연하지. 기대하고 있을게."

유즈루가 그러면서 미소를 짓자 아리사는 살짝 뺨을 붉히고 끄덕였다.

"……예. 기대해줘요."

※

방과 후.

"그럼 돌아갈까, 아리사."

"예."

유즈루와 아리사는 평소처럼 귀갓길에 접어들었다.

그렇다, 평소처럼.

"……."

"……."

“저기, 아리사.”

“……예?”

유즈루는 아리사에게 말을 건네고, 아리사는 어리둥절한 표정을 지었다.

더는 참을 수 없었던 유즈루는 아리사에게 물었다.

“그게, 초콜릿은?”

“……아, 미안해요!”

“…….”

“거짓말이에요. 제대로 기억하고 있어요.”

아리사는 그러더니 쓴웃음 지었다.

“상하지 않도록 집 냉장고에 넣어뒀어요. 그러니까 지금은 못 줘요.”

“그렇구나. 수업이 끝난 뒤라는 건 그런 의미였나.”

틀림없이 수업만 끝나면 바로 받을 수 있다고 생각했던 유즈루는, 이상한 착각을 한 것이 부끄러웠다.

생각해보면, 혹시 가지고 왔다면 굳이 저녁에 줄 의미는 없다.

“혹시 학교에서 받고 싶었나요?”

“아니, 으—음, 그러네. ……상황으로 따지자면 학교에서 받는 편이 두근두근한 느낌은 있었을까?”

아리사의 물음에 유즈루는 솔직하게 대답하기로 했다.

좋아하는 사람에게, 연인에게 학교에서 초콜릿을 받는다는 것은, 남자로서는 나름대로 동경을 품는 전개이기는 했다.

"그랬나요. ……그럼, 내년에는 그렇게 할까요?"

아리사는 턱에 손을 대며 말했다.

한편 유즈루는 황급히 고개를 가로저었다.

기껏 만든 초콜릿이 상하지 않도록 하려는 배려였다는 것은 유즈루도 이해하고 있었다.

"아니, 나도 네 초콜릿을 만전의 상태로 먹고 싶어."

유즈루가 그렇게 말하자 아리사는 곤혹스러운 표정을 지었다.

"……딱히 그런 의도는 아니라고요?"

"어, 그래?"

맛이 열화되어 버리니까 학교에 가지고 올 수 없었다고만 생각했던 유즈루는 맥이 빠졌다.

학교에 가져가도 문제가 없다면, 내년에는 가지고 와도 될지도 모른다.

"그럼, 이쯤에서."

"응."

그런 대화를 나누는 사이, 역 근처까지 도착했다.

평소에는 여기서 "내일 봐"다.

"나중에 그쪽으로 갈게요. ……저녁도 그쪽에서 만들 테니까. 기대해줘요."

"알았어. 사전에 사둘 건 있을까?"

유즈루는 아리사에게 물었다.

아리사는 잠시 생각하고는 대답했다.
"나중에 메시지 보낼게요."
"그런가. 그럼, 부탁할게."
이리하여 그 자리에서 유즈루는 아리사와 헤어졌다.
그리고 이윽고 유즈루의 휴대전화에 아리사의 메시지가 전해졌다.
전철을 타고 가면서 보냈을 것이다.
집으로 돌아가는 도중에 사버리자고 유즈루는 메시지 내용을 확인했다.
"바게트, 딸기, 바나나, 키위, 마시멜로……? 간식 아닌가?"
필요한 식재료는 모두 저녁식사라기보다는 세 시의 간식에 어울리는 것들뿐이었다.
그리고 조리가 필요한 것처럼 보이지도 않았다.
평범하게 그대로 먹으면 맛있는 음식뿐이었다.
하지만 오늘은 저녁을 대접하겠다고 그런 아리사가, 과일을 접시에 담고 오늘 저녁은 이것이라 말할 리가 없다.
이 식재료로 무언가 요리를 만들 생각임은 분명했다.
거기까지 생각한 유즈루의 뇌리에, 중식 팬에 딸기랑 바나나를 볶는 아리사의 모습이 떠올랐다.
"아니……그건 절대로 아냐."
유즈루는 황급히 고개를 가로저었다.
메시지 마지막에는 "뭘 만들지, 이미 알겠죠?"라는 문장이 적혀 있지만…….

유즈루로서는 전혀 짐작이 가지 않았다.

"과일 샌드위치……라든지? 그러면 바게트보다 식빵이 낫지 않나?"

유즈루는 이래저래 의문을 품었지만, 요리 지식은 유즈루보다도 아리사 쪽이 아득히 위다.

아리사가 요리에 필요한 식재료라고 그러니까 필요할 것이다.

유즈루는 순순히 따르기로 했다.

※

식재료를 모두 사서 냉장고에 넣고 수십 분 뒤.

"실례합니다."

아리사가 유즈루의 방으로 찾아왔다.

사복에 화려하고 작은 가방과…… 배낭을 메고 있었다.

"그거 들어줄게."

"그럼 부탁할게요."

유즈루는 아리사에게서 배낭을 받아들었다.

배낭 사이즈는 결코 크지는 않지만 조금 무거웠다.

음식이라기보다는 기계의 무게였다.

"뭐가 들어 있어?"

"뭐긴요, 초콜릿 퐁듀를 만드는 기계예요."

“초콜릿 퐁듀……? 아, 치즈 퐁듀의 초콜릿 버전 같은 건가.”

유즈루는 초콜릿 퐁듀를 먹어본 적은 없지만 존재는 알고 있었다.

과연, 확실히 밸런타인에 어울리는 음식일 것이다.

학교에 가지고 올 수 없었던 것도 납득했다.

“……뭘 만든다고 생각했나요? 저 라인업으로.”

“중화 팬에 볶는다고 생각했어.”

“그럴 리가 없잖아요. ……평소부터 그런 걸 먹나요?”

“그야 농담이지. 초콜릿 퐁듀인지는 몰랐지만.”

그런 대화를 나누며 두 사람은 거실로 이동했다.

그리고 유즈루는 물었다.

“이거, 어디 두면 될까?”

“그러네요. ……일단, 저한테 줘요.”

유즈루는 아리사의 말에 따라 그녀에게 배낭을 건넸다.

그러자 아리사는 유즈루에게서 등을 돌렸다.

배낭을 열고 재빨리 안에서 기계를 꺼냈다.

마치 안에 무언가, 보여주고 싶지 않은 물건이 들어 있는 것 같았다.

“그럼, 바로 저녁을 만들죠. 그 전에 저는…… 옷을 좀 갈아입고 올게요.”

아리사는 기계를 테이블에 내려놓고는 그렇게 말했다.

유즈루는 무심코 고개를 갸웃거렸다.

"……옷을 갈아입어? 왜?"
"초콜릿 퐁듀를 할 거니까요. 옷이 더러워지면 안 되잖아요. 그러니까 더러워져도 문제가 없는 복장을 입을게요."
"그렇구나?"
그렇다면 처음부터 더러워져도 문제가 없는 복장으로 오면 그만이지 않느냐고, 유즈루는 생각했지만…….
더러워져도 문제없다는 것은, 낡은 옷이라든지 실내복 같은 옷이라는 의미.
여자로서는 그런 복장으로 밖을 돌아다니고 싶지 않을 것이다.
유즈루는 그렇게 스스로를 억지로 납득시켰다.
"유즈루 씨도 검은 옷이나…… 더러워져도 문제없는 옷을 입는 편이 나아요."
"알았어. 갈아입을게."
유즈루는 아리사가 탈의실로 사라진 것을 확인하고, 재빨리 무언가 튀어도 눈에 잘 안 띄는 옷으로 갈아입었다.
그리고 남은 시간에 기계를 돌리려고 연장 코드를 잡아당겼다.
"……기다렸죠."
"아니, 나도 지금, 준비가 끝난 참이라……."
거기까지 말하려던 참에 유즈루는 굳었다.
눈을 크게 떴다.
"배, 밸런타인 초콜릿이에요…… 드, 드세요."

알몸에 리본만 몸에 걸린 모습으로, 아리사는 그렇게 말했다.

※

“어? 아, 아리사……?”

어렴풋이 장밋빛으로 물든 아리사의 하얀 피부를 보고 유즈루는 심장이 격렬하게 뛰는 것을 느꼈다.

아리사의 피부를 가리는 것은 빨간 리본뿐이었다.

속옷 같은 것은 입지 않았다.

물론 중요한 부분은 제대로 가렸다.

리본은 폭이 두껍고 아리사의 몸에 단단히 감겨 있어서, 언젠가 보았던 비키니와 비교하면 노출되는 피부의 면적은 그다지 넓지 않았다.

하지만 그럼에도 본래라면 옷조차 아닌 것을 걸치고 있다는 사실, 그리고 꼼꼼하게 리본으로 손목까지 묶은 그 모습은 유즈루가 강한 배덕감을 느끼게 만들었다.

“저기, 그게, 손에 들고 있는 게, 초콜릿은…… 어디 있을까?”

유즈루는 이성을 총동원하며 물었다.

아리사는 밸런타인 초콜릿으로 여겨지는 것을 전혀 들고 있지 않았으니까.

이 상황과 문맥을 생각하면 아리사≒밸런타인 초콜릿이

라는 이야기가 되어버린다.

아리사를 드시라는, 그런 의미가 된다.

"예? 아…… 미, 미안해요. 깜박했어요!"

아리사는 그러더니 발길을 돌려 탈의실로 달려갔다.

리본이 파고든 엉덩이를 유즈루는 무심코 눈으로 좇았다.

"가, 가져왔어요…… 에헤헤."

아리사는 수줍게 웃으며 작은 상자를 가져왔다.

딱히 포장지나 리본 같은 장식이 없는, 평범한 상자였다.

아리사는 그것을 바닥에 놓았다.

"자, 잠깐만 기다려요."

아리사는 묶인 손목으로 상자 뚜껑을 열었다.

안에는 하트 모양의 초콜릿이 들어 있었다.

아리사는 그것을 하나 손에 들었다.

"다, 다시…… 배, 밸런타인 초콜릿이에요!"

아리사는 그러더니 초콜릿을 입에 물었다.

그리고 유즈루를 향해 얼굴을 내밀었다.

"저, 저기…… 이, 이건 대체……."

"……응."

곤혹스러워하는 유즈루에게 아리사는 작은 목소리를 흘리며 눈으로 호소했다.

이렇게까지 하는데 알아차리지 못할 정도로 유즈루도 바보는 아니었다.

유즈루는 살며시 아리사의 등으로 손을 두르고 그녀를

끌어안았다.
"그럼, 사양 않고…… 잘 먹겠습니다."
유즈루는 아리사의 입술로 자신의 입술을 가져다 댔다.
그리고 초콜릿을 입술로 감쌌다.
그러자 아리사는 재주도 좋게 혀를 이용해서 초콜릿을 유즈루의 입 안으로 넣었다.
달콤하고 살짝 씁쓸한 초콜릿의 맛이 났다.
"어, 어떤가요?"
"맛있어. ……좀 더 먹어도 될까?"
유즈루가 그렇게 묻자 아리사는 작게 끄덕였다.
그러고는 바닥에 놓은 상자로 시선을 향했다.
"그럼, 준비할 테니까……."
"아니, 괜찮아."
유즈루는 그러더니 초콜릿을 손으로 집어 들고 아리사의 입가로 가져갔다.
아리사는 그것을 입술에 물었다.
"……그럼, 다시. 잘 먹겠습니다."
다시 한번 유즈루는 아리사의 입술과 함께 초콜릿을 먹었다.
조금 전과 마찬가지, 달콤한 맛이 입 안에 퍼졌다.
하나 더 먹으려고 유즈루는 상자에서 초콜릿을 꺼냈다.
그리고 잠시 생각한 뒤, 아리사에게 물었다.
"기왕이니까 아리사도 먹어주지 않을래?"

"예?"

유즈루는 아리사의 대답도 기다리지 않고 자신의 입술에 초콜릿을 끼웠다.

그리고 천천히 아리사의 입술로 다가갔다.

처음에는 놀란 기색으로 눈을 크게 뜨던 아리사도 금세 순순히 입술을 벌렸다.

유즈루는 그런 아리사의 입술에 초콜릿을 가져다 댔다.

그리고 혀와 함께 초콜릿을 아리사의 입 안으로 밀어 넣었다.

"어때?"

"마, 맛있어요. ……좀 더 받아도 될까요?"

"물론이지."

두 사람은 입으로 서로에게 초콜릿을 먹여줬다.

하지만 원래 양이 많던 것도 아니어서 초콜릿은 금세 사라져버렸다.

"이걸로 전부, 인가."

"아뇨, 아직 조금 더…… 있다고요?"

"어? ……어디에?"

"……여기요."

아리사는 그러더니 유즈루를 향해 입술을 내밀었다.

아리사의 의도를 이해한 유즈루는 자신의 입술을 그녀의 입술에 겹쳤다.

초콜릿 맛이 나는, 신선한 키스였다.

※

"……그럼, 다시 저녁 식사를 하죠."

자세를 바로 한 아리사는 그렇게 말했다.

그리고 유즈루 쪽으로 손목을 내밀었다.

"잠깐만 잡고 있겠어요?"

"알았어."

유즈루는 시키는 대로 아리사의 손목에 감긴 리본을 가볍게 붙잡았다.

그러자 아리사는 리본 고리에서 자신의 손목을 빼냈다.

구속된 것처럼 보이지만 사실 리본에 손을 넣었을 뿐이었나 보다.

"그럼 준비를 하죠."

"……그 복장으로?"

"조리할 때는, 앞치마 입는다고요?"

재료를 자르는 것뿐이지만요.

아리사는 그렇게 덧붙였다.

"아니, 그 복장으로 식사를 하는 건 이래저래…… 위험하지 않을까 해서."

"위험, 한가요? 초콜릿은 기름처럼 튀지도 않고, 화상을 입을 온도는 아닌데요……."

"아니, 그쪽이 아니라……."

유즈루는 무심코 뺨을 긁적였다.

조금 전까지는 서로 끌어안고 있었으니까 아리사의 몸을 볼 기회는 없었지만…… 이래저래 아슬아슬해서 직시하기 힘들었다.

"리본이 풀리면, 큰일이겠는데."

"아, 그렇군요."

유즈루의 말에 아리사는 쓴웃음 지었다.

그리고 가슴께의 리본을 가볍게 손가락으로 잡아당겼다.

유즈루는 황급히 시선을 피했다.

"뭐, 뭐 하는 거야!"

"괜찮아요, 봐요."

유즈루는 머뭇머뭇, 아리사의 가슴께로 시선을 향했다.

아리사는 리본을 몇 번이나 잡아당겼지만, 리본은 풀릴 기미는 없었다.

"이거, 이런 옷이거든요. 리본도 한 줄기로 이어져 있는 게 아니라 고정시킨 거예요. 수영복 같은 거죠."

"그, 그렇구나……."

유즈루는 조금 속았다는 기분이 들었다.

※

"그러고 보니 초콜릿은? 안 샀는데……."

"그건 사전에 준비해뒀어요."

아리사는 그러더니 배낭에서 판 초콜릿과 생크림을 꺼냈다.

수제 초콜릿을 만들 때에 함께 사두었나 보다.

"저는 초콜릿을 녹여둘 테니까, 유즈루 씨는 재료를 썰고 꼬치에 꿰어줘요. ……할 수 있겠죠?"

아리사의 말에 유즈루는 끄덕였다.

바로 부엌으로 가서 재료를 자르고, 꼬치에 꿰고, 큰 쟁반에 담았다.

그것이 끝날 무렵에는 이미 아리사는 초콜릿을 모두 녹여두었는지, 작은 냄비 안에는 걸쭉하게 녹은 갈색 액체가 들어 있었다.

"그럼 바로 먹죠."

"그러네."

유즈루는 잠시 고민한 뒤, 가장 무난할 것 같은 바나나를 손에 들었다.

초콜릿을 조금만 찍어서 입으로 옮겼다.

"초코 바나나랑 같다……고 생각했는데, 조금 다른 느낌이 드네."

초코 바나나의 초콜릿은 식혀서 굳어 있지만 이쪽은 따듯한 상태로 녹아 있었다.

그것이 식감과 맛의 차이를 부르고 있었다.

"으—응, 맛있어요……!"

아리사 역시도 뺨에 손을 대며 기쁜 듯 미소 지었다.

그녀가 먹는 것은 마시멜로였다.

아무리 그래도 마시멜로에 초콜릿을 찍는 것은 지나치게 달지는 않을까 싶어서 유즈루는 주저했지만, 눈앞에서 맛있게 먹는 사람을 보니 시험해보고 싶어졌다.

"……응."

그리고 시험해본 유즈루는 조금 후회했다.

단맛과 단맛의 덧셈.

단맛의 폭력이었다.

단 것을 좋아하는 사람에게는 참을 수 없을지도 모르겠지만 유즈루는 조금 느끼하다고 느꼈다.

"……커피가 맛있어."

유즈루는 커피를 마시며 중얼거렸다.

음료로 물이나 녹차가 아니라 커피를 선택한 것은 베스트였나 보다.

커피로 단맛을 씻어낸 유즈루는 다음으로 먹을 것을 골랐다.

단 것과 단 것의 조합은 그다지 좋지 않겠다고 느낀 유즈루가 다음으로 고른 것은, 딸기였다.

"응, 이건 정답이야."

딸기의 신맛과 초콜릿의 단맛이 잘 어울렸다.

이것은 최고의 선택인 듯했다.

그 후로도 유즈루는 과일이나 빵, 스낵 과자 등등 다양한 재료를 시험해봤다.

맛은 전부 초콜릿이니까 언젠가 질려버리지는 않을까.
그렇게 생각했는데 의외로 질리지 않았다.
신맛과 짠맛 등등, 초콜릿과 조합하는 맛이 다르기 때문일 것이다.
"이건 꽤 즐겁네."
유즈루가 그렇게 말하자 아리사는 기쁜 듯 미소 지었다.
"그렇게 말해주니 기뻐요. 초콜릿 퐁듀, 계속 해보고 싶었거든요!"
"……이게 처음이야?"
"혼자서 할 건 아니잖아요."
확실히 그도 그렇다고, 유즈루는 수긍했다.
"다양한 재료를 가져와서 다 같이…… 그런 것도 재미있겠어."
"좋네요! 어둠의 전골 같은 느낌으로!"
"……응, 그러네."
즐겁다는 듯 아리사는 눈을 반짝였다.
한편 유즈루는 아야카 등등은 틀림없이 안 좋은 쪽으로 가져오겠다는 생각에, 스스로 제안해놓고서 내키지 않는다는 기분을 느꼈다.
"그런데 유즈루 씨, 유즈루 씨."
"왜?"
"자, 아—앙."
아리사는 그러면서 초콜릿에 빠뜨린 마시멜로를 유즈루

의 입가로 가져갔다.

마시멜로와 초콜릿의 조합은, 유즈루 개인으로서는 좋지 않았다.

하지만 여기서 싫다고 할 만큼 유즈루는 분위기 파악이 안 되는 남자는 아니었다.

입을 열어 마시멜로를 받아들였다.

"어떤가요?"

"응…… 달아."

"잘 됐네요!"

아무래도 아리사에게는 달다=맛있다라는 의미가 되는 모양이었다.

유즈루는 커피를 마신 뒤, 바나나를 손에 들었다.

"……아리사. 답례야."

"고마워요."

아리사의 입가로 유즈루는 초콜릿을 찍은 바나나를 가져갔다.

덥석, 아리사는 그것을 입에 넣고 씹었다.

"맛있어요. ……저도 답례, 해줄게요."

아리사는 그러더니 또다시 마시멜로를 손에 들었다.

"잠깐만, 아리사."

여기서 유즈루는 아리사에게 타임을 불렀다.

유즈루는 분위기 파악이 되는 남자이지만, 그저 그런 분위기만을 위해서 거북한 음식을 몇 번이고 먹을 수 있는 인간도 아니었다.

"마시멜로는 좀…… 너무 달아. 다른 걸로 해주지 않을래?"

"그런가요? 맛있는데……."

이상한 사람이야.

그러고 싶다는 듯 아리사는 고개를 갸웃거렸다.

하지만 기분이 상하지는 않고, 아리사는 짠맛 스낵 과자를 들고 초콜릿을 찍은 다음에 유즈루의 입가로 가져갔다.

"이건 어떤가요?"

"이건 괜찮은 느낌이야."

유즈루는 그렇게 대답하며 다음으로 아리사에게 먹일 재료를 생각했다.

그리고 잠시 생각한 뒤, 아리사에게 물었다.

"뭐가 먹고 싶어?"

"마시멜로가 좋아요."

유즈루 씨가 안 먹는다면 제가 먹을게요!

그렇게 말하고 싶다는 듯 아리사는 입을 벌렸다.

유즈루는 그런 아리사의 입 안에 마시멜로를 던져 넣었다.

"맛있어요…… 더 줘요."

"자, 여기요."

녹아내리는 눈빛으로 조르는 아리사를 보고 기분이 좋아진 유즈루는, 잇따라 그 입 안으로 마시멜로를 던져 넣었다.

아리사는 행복하다는 표정으로 그것을 받아먹었다.

"아……."
"미, 미안해……!"
하지만 너무 까분 것이 좋지 않았을까.
초콜릿이 뚝뚝 떨어져 버렸다.
아리사의 하얀 피부, 가슴께를 갈색 액체가 더럽혔다.
"화상을 입진 않았어?"
"그렇게까지 뜨겁진 않으니까 괜찮아요."
아리사는 그러면서 휴지로 가슴께를 닦으려고 했다.
하지만 휴지를 손에 들려던 참에, 굳어버렸다.
"……아리사?"
"저기, 유즈루 씨."
장난을 떠올렸다.
그런 표정으로 아리사는 자신의 가슴께를 가리키며 말했다.
"아까우니까, 먹어주지 않을래요?"
"어, 어어?!"
유즈루가 저도 모르게 놀라서 소리 높이자 아리사는 조금 후회하는 기색으로 시선을 헤맸다.
"저, 저기…… 시, 싫은가요?"
아리사는 슬픈 듯 눈을 내리깔았다.
유즈루는 황급히 고개를 가로저었다.
"설마! 그렇지 않아!! 그저, 그게……."
유즈루는 머릿속으로 몇 번이고 말이나 표현을 곱씹은

뒤, 아리사에게 물었다.

“먹는다는 건…… 구체적으로, 그게, 어떤 식으로?”

가장 먼저 떠오른 것은 “직접 입을 댄다”라는 선택지였다.

몇 번이고 입맞춤을 나눈 사이니까 피부에── 가슴이라고는 해도── 입맞춤하는 것에 큰 주저는 없었다.

적어도 아리사가 허락해준다면, 말이지만.

하지만 아리사가 그것을 상정하지 않았다면 큰일이 벌어진다.

미움을 사지는 않을지도 모르지만, 얼굴은 얻어맞을지도 모른다.

“저, 저기…… 그, 그러네요.”

생각하지 않았나.

아니면 입에 담는 것은 부끄러웠나.

아리사는 잠시 생각하는 모습을 드러낸 뒤, 유즈루에게 대답했다.

“뭐든…… 괜찮다고요? 좋아하는 방법으로…… 먹도록 해요.”

“그, 그런가. 그럼…….”

유즈루는 잠시 생각한 뒤, 아리사의 가슴께로 손을 뻗었다.

가슴에 닿는 것과 동시에 부드러운 감촉과 체온이 손가락으로 전해졌다.

그대로 손가락으로 녹은 초콜릿을 훔쳐서…….

입으로 옮겼다.

"어, 어떤가요?"
"어떻기는…… 초콜릿 맛, 일까."
"그, 그렇겠죠?!"
어찌 된 영문인지 겸연쩍은 분위기가 되어버렸다.
유즈루는 시선을 허공에서 헤맨 뒤, 아리사 쪽을 봤다.
그러자 아리사는 자세를 바로 했다.
"저기…… 아리사."
"아, 예."
"……먹을까."
"그, 그러네요!"
두 사람은 허둥지둥, 남은 초콜릿 퐁듀를 먹기 시작했다.

※

"맛있었어요."
식후.
설거지를 마친 기계를 닦으며 아리사는 기분 좋게 말했다.
그리고 이미 옷을 갈아입었기에 리본 차림이 아니었다.
"어어……."
아리사의 말에 유즈루는 애매한 대답을 했다.
유즈루의 태도에 아리사는 의아하다는 표정을 지었다.
"……별로 맛이 없었나요?"

"아니, 맛있었어."

유즈루는 그러면서 고개를 가로저었다.

맛있었던 것은 틀림없다.

하지만 아무런 망설임 없이 말하긴 힘들었다.

"후반은 조금…… 힘들었을까."

유즈루는 솔직히 대답하기로 했다.

초콜릿의 맛에 중간부터 질려버린 것이었다.

"그러네요."

유즈루의 대답에 아리사는 쓴웃음 지으며 말했다.

유즈루는 무심코 고개를 갸웃거렸다.

"아리사도?"

"아뇨, 저는 단 것을 좋아하니까요. 질리지는 않았지만…… 유즈루 씨, 힘들어 보였으니까요."

"그, 그런가……."

아무래도 얼굴에 드러났나 보다.

먹는 속도도 후반에는 느려졌으니까 노골적이었을지도 모른다.

"게다가 저는 안 질렸지만, 계속 같은 맛이었으니까요. 질려버리는 건 이상하지 않다고는 생각해요. 앞으로의 과제겠네요."

"과제구나. ……뭔가 개선책은 있을까."

살짝 흥미를 품은 유즈루가 묻자 아리사는 끄덕였다.

"바로 떠오르는 범위라면, 향신료를 준비한다든지 그렇

겠네요."

"향신료? 초콜릿에?"

"시나몬이라든지 넛멕이라든지…… 후추 같은 것도 의외로 맞거든요. 그밖에도 식재료 종류를 늘린다든지, 다른 요리를 준비한다든지……."

바로 떠오르는 범위.

그러면서도 아리사는 아이디어를 여럿 제시했다.

"참고로 유즈루 씨는 어떻게 생각하나요?"

"그러네…… 개인적으로는 여럿이서, 파티 같은 식으로 먹으면 좋겠다고 느꼈어."

초콜릿 퐁듀 그 자체는 맛있다.

다만 이것만으로 저녁 식사를 마치려고 했던 것이 잘못이었다.

유즈루는 그렇게 생각하고 있었다.

"파티인가요. ……결혼식, 이라든지?"

"뭐, 뭐어, 확실히 결혼식에 큰 초콜릿 퐁듀 기계가 있다면 분위기는 좋겠지만…… 설치하고 싶어?"

유즈루가 쓴웃음 지으며 묻자 아리사는 황급히 고개를 가로저었다.

"어, 아니, 미, 미안해요! 저희 이야기라는 생각은…… 없었어요."

"아, 그런가. ……있다면, 좋을까?"

"그건…… 멋지다고는 생각하지만요."

아리사는 살짝 뺨을 붉히며 끄덕였다.
유즈루는 크게 끄덕였다.
"기억해두기로 할게."
"그건…… 고마워요. ……참고삼아서 물어봐도 될까요?"
"뭐든지."
"유즈루 씨는 결혼식…… 어떤 식으로 하고 싶나요?"
"……어떤 식으로, 라면?"
"그게, 전통혼례라든지 기독교 방식이라든지…… 사람을 몇이나 모을지, 반대로 사진만으로 그칠지. 예식은 하지 않는 사람도 있죠? 지금 한번 물어보고 싶어서……."
"확실히 생각을 조정하는 건 중요하지."
아리사의 말에 유즈루는 크게 끄덕였다.
세상에는 결혼 직전이 되어서, 결혼식 방식으로 다투는 커플도 적지 않다고 들었다.
다만 유즈루는 자신들의 케이스에 대해서는 그다지 걱정하지 않았지만…….
이럴 때 생각을 전해둘 필요는 있었다.
"기독교 방식으로 할게. 몇 명은 부를지는 모르겠지만…… 백 명 이상은 부르자."
"……의외로 화려한 걸 좋아하는군요."
"아니, 딱히 내 취향은 아니야."
유즈루는 그 자리에서 아리사의 말을 부정했다.
그러자 아리사는 고개를 갸웃거렸다.

"유즈루 씨의 취향이 아니라는 건…… 아버님? 아니면 할아버님?"

"아니, 딱히 두 사람의 취향은…… 아니지, 할아버지는 화려한 건 좋아하니까 취향일지도 모르겠지만, 그런 게 아니야."

"그럼……."

"타카세가와 가문 차기 당주의 결혼식이니까 어느 정도 성대하게 치러야 해. 그런 의미. ……미안하지만 장소도 아마 못 고를 거야."

유즈루와 아리사의 의견이 전혀 반영되지 않는 것은 아니겠지만…….

유즈루의 아버지나 할아버지, 그리고 아리사의 양아버지의 강한 의향에 따라서 내용은 크게 좌우된다.

그런 의미에서 자유도는 높지는 않다.

"그, 그런가요. 그, 그렇군요…… 그, 그렇겠죠……."

유즈루의 말에 아리사는 조금 침울한 모습을 드러냈다.

받아들이지 못할 것 같지는 않지만…….

하지만 아리사에게도 원하는 결혼식이 있었을 것이다.

여자라서 그렇다는 것은 아니지만, 적어도 유즈루보다는 강한 마음이 있을 듯했다.

결혼을 어느 정도 정치적인 일이라고 결론지은 유즈루와는 달리, 아리사가 자유연애로서의 측면을 강하게 바란다는 것은…….

수학여행 당시에 이미 알고 있었다.

“괜찮아요. 그게, 생각하는 게 없지는 않지만…….”

“그렇게 애써 참지는 마. 두 번 하면 그만이니까.”

유즈루는 그러면서 아리사의 어깨를 두드렸다.

그러자 아리사는 놀란 듯 고개를 들었다.

“……두 번?”

“응. 화려한 게 싫다면, 작은 방식으로 한 번 더 하면 돼. 순서가 신경 쓰인다면…… 아리사가 하고 싶은 걸 먼저 해도 되지 않을까?”

“……결혼식은 몇 번이나 하는 일인가요?”

“우리 부모님은 세 번 했다던데. 일본에서 두 번, 해외에서 한 번.”

“…….”

아리사는 입을 떡 벌렸다.

그런 발상은 없었다. 그런 표정이었다.

“세 번으로는 부족한가? 아무리 그래도 대여섯 번씩 하는 건 힘들 테니까, 좀 참아줬으면 좋겠지만…….”

유즈루는 반쯤 농담으로 아리사에게 물었다.

그러자 아리사는 크게 고개를 가로저었다.

“아, 아뇨, 세 번이나 한다면 충분해요. 그럼, 제가 하고 싶은 것과 유즈루 씨가 하고 싶은 걸로…….”

“내 바람은 네 바람이야.”

유즈루는 결혼식 그 자체에 바라는 것은 없었다.

기념사진만 있다면 충분하다고 생각한다.

"……그런가요? 그럼, 그게, 생각해둘게요."

아리사는 기쁜 듯 미소 지었다.

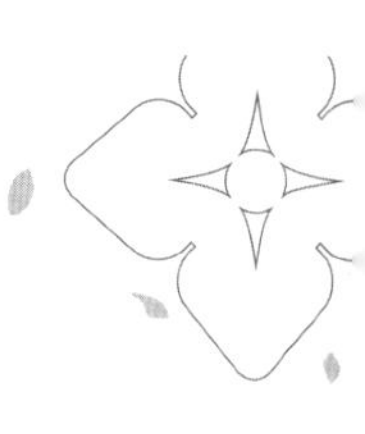

제4장

# 약혼자와 봄방학

시간은 지나서 약 한 달 뒤.

"오늘 도시락, 어떤가요?"

"응, 맛있어."

유즈루와 아리사는 둘이서 도시락을 먹고 있었다.

아리사의 수제 도시락을 모두 먹고, 그리고 아리사가 자기 도시락을 모두 먹은 참에…….

유즈루는 자기 가방에서 작은 보따리를 꺼냈다.

"……아리사, 이거. 받아줘."

"화이트데이 선물, 그런 인식이면 될까요?"

그렇다, 오늘은 화이트데이.

남자가 여자에게 선물의 답례를 하는 날이다.

"어, 뭐, 그런 느낌일까."

"고마워요. 열어봐도 될까요?"

아리사의 물음에 유즈루는 조금 긴장하며 끄덕였다.

아리사는 조심스럽게 리본을 풀고 보따리를 열었다.

"어라……?"

아리사는 조금 놀란 듯 눈을 크게 떴다.

그곳에서 나타난 것은 쿠키였다.

물론 쿠키는 화이트데이의 선물로는 그다지 이상한 것이 아니다.

문제는 그 쿠키 그 자체였다.

조금 서투른 모양새로, 하나하나 공들여서 투명한 봉투로 포장되어 있었던 것이다.

파는 것보다는 오히려 수제 느낌이 강한 분위기의 그 쿠키를 눈앞에 둔 아리사는, 눈을 몇 번 끔벅거렸다.

그리고 유즈루에게 물었다.

"유즈루 씨 수제, 인가요?"

"어, 어어…… 뭐, 그런 느낌일까."

그것은 유즈루가 손수 만든 쿠키였다.

맛은 플레인, 초콜릿, 말차의 세 종류.

각각 하트 모양……으로 못 볼 것도 아닌 형태로 만들어져 있었다.

"먹어봐도 될까요?"

"물론이야. ……감상을 말해줘."

"그럼, 바로."

아리사는 고개를 끄덕이더니 플레인 쿠키를 하나 들고 입으로 옮겼다.

천천히 맛을 보듯 씹었다.

"……어때?"

아리사가 삼킨 것을 확인한 뒤, 유즈루는 물었다.

"그렇군요……."

아리사는 잠시 생각하는 모습을 내비친 뒤에 대답했다.

"버터 풍미가 돌아서 맛있어요."

"그, 그런가. 그럼 다행이야."

유즈루는 안도하며 가슴을 쓸어내렸다.

요리 감상을 듣는 것은 긴장되는 일이라고, 유즈루는 이때 처음으로 배웠다.

아리사는 유즈루에게 요리를 대접할 때마다 비슷한 긴장감을 느낀 것이다.

"굳이 덧붙이자면……."

"……굳이?"

안심한 것도 잠시, 유즈루는 아리사의 불온한 말에 무심코 심장이 두근거렸다.

"반죽 두께는 균일하게 하는 편이 좋아요. 그리고 제대로 식힌 다음에 굽는 게 모양이 잘 무너지지 않아요."

"그, 그런가, 그렇구나…… 참고할게. 아니, 그건 그렇고 굉장하네."

쿠키의 모양과 맛만으로 유즈루가 반죽을 식히지 않고 구웠다는 사실을 간파한 아리사에게, 유즈루는 감탄의 목소리를 흘렸다.

한편 아리사는 고개를 가로저었다.

"아뇨, 저는 익숙한 일이니까요. ……유즈루 씨, 쿠키를 만든 건 처음이죠? 그걸 고려하면 잘 만들었다고 생각해요."

아리사의 말에 유즈루는 무심코 쓴웃음 지었다.

"어어…… 아니, 뭐, 몇 개는 실패했지만. 가장 잘 만든 걸 너한테 선물했어."

참고로 실패한 것들은 다른 아이들에게 주었다.

물론 실패라고는 해도 설익거나 탄 것 같은, 먹기에 문제가 생긴 것을 주지는 않았지만.

"그, 그런가요. 그렇군요, 이게 최선……."

아리사는 조금 곤혹스럽다는 표정을 지었다.

하지만 금세 고개를 가로저었다.

"아뇨…… 처음에는 다들, 제대로 못 만드는 법이니까요. 신경 안 써도 돼요."

"……그, 그래?"

"아뇨……"에 포함되어 있을 아리사의 본심이 유즈루는 무척 신경이 쓰였지만…….

모르는 편이 행복하리라 판단해서 깊이 물어보지는 않기로 했다.

"그런데 유즈루 씨. 학원…… 춘계 강습 말인데, 어떻게 할까요? 저는 들어보고 싶은데……."

"나도 들을 거야."

"아, 그런가요?"

"……그렇게나 의외야?"

유즈루는 무심코 쓴웃음 지었다.

물론 유즈루는 결코 공부를 좋아하는 것은 아니었다.

하지만 해야만 할 때는 제대로 한다.

애당초 수험이나 시험 같은 것에는 일정한 테크닉이 존재한다.

그것은 독학이나 학교 수업만으로는 익힐 수 없는 것이다.

그것이 어느 정도 효과가 있을지는 알 수 없지만…….

시험 삼아서 춘계 강습에 다녀본다는 선택지는, 비용 대비 효과를 생각해도 그렇게까지 나쁘지는 않다.

"아니, 하지만…… 그게, 유즈루 씨는 가족이랑 여행을 가는 게 아닐까 해서……."

"아…… 확실히 작년에는 그랬지."

타카세가와 가문에서는 봄 무렵에 해외로 가족 여행을 가는 것이 연례행사였다.

작년에는 그것 때문에 아리사와 한동안 만날 수가 없었다.

"작년에는?"

"올해는 안 가. ……1년 동안은 공부에 집중할 생각이야."

유즈루도 가족 여행을 가는지 마는지, 그것으로 합격 여부가 변한다고 생각하지는 않는다.

요컨대 각오의 문제였다.

"그렇구나, 그렇군요!"

아리사는 기뻐하는 목소리로 손뼉을 쳤다.

봄방학의 짧은 시간 동안이라고는 해도 유즈루와 만나지 못하는 것은 아리사에게는 쓸쓸한 일이었던 것이다.

"그럼 올해 봄방학은…… 같이 보낼 수 있겠네요."

아리사는 기뻐하는 표정으로 그렇게 말했다.

여름방학에는 유즈루와 많은 시간을 보내며 반쯤 동거하는 모양새가 되었다.

그것은 아리사에게는 무척 행복한 일이었고, 그리고 봄에도 그렇게 보낼 수 있는 것은 기쁜 일이었다.

"어…… 그거 말인데……."

하지만 아리사의 반응에 유즈루는 뺨을 긁적였다.

어색한 표정을 짓는 유즈루를 상대로 아리사는 고개를 갸웃거렸다.

"저기…… 뭔가 예정이라도?"

"예정은 없어. 아까도 말했다시피, 공부에 집중하고 싶으니까…… 그래, 그게 말인데, 봄방학부터 자취를 그만둘 생각이거든."

유즈루의 말에 아리사는 눈을 크게 떴다.

"그건…… 아, 그랬죠. 원래 본가에서도 다닐 생각만 있다면 다닐 수 있었죠. 공부에 집중한다면 그편이 낫겠네요."

유즈루가 자취를 하던 것은, '자취를 하고 싶었기 때문'이었다.

그렇게 제멋대로 구는 조건이, 생활비는 아르바이트를 해서 벌 것이었다.

당연한 일이지만 노동 시간만큼 공부 시간은 줄어든다.

수험에 집중한다면 아르바이트는 하지 않는 편이 낫다.

"그렇다면 아르바이트도 그만두게 되는 건가요?"

"그러네. 뭐, 바로 그만두지는 않겠지만…… 내 멋대로 굴어서 미안해."

유즈루는 그러면서 아리사에게 가볍게 머리를 숙였다.

아리사도 지금은 유즈루와 같은 곳에서 아르바이트를 하고 있다.

그것은 유즈루에게 선물을 주기 위해 돈을 번다는 의미도 있지만, 유즈루와 함께 일하고 싶다는 이유도 있었다.

유즈루가 그만둔다면 아리사도 굳이 레스토랑에서 일할 이유는 사라져버린다.

"아뇨, 괜찮아요. 공부가 더 중요하고…… 그러네요. 저도…… 예, 솔직히 3학년이 되어서도 계속해야 할지 고민하고 있었어요."

둘 다 아르바이트를 그만둔다는 결론이 될 것 같았다.

미안하다는 마음은 당연히 있지만…….

애당초 유즈루와 아리사가 고등학생이고 3학년이 된다면 수험에 집중하고자 그만둘 가능성이 높다는 것은 레스토랑 측에서도 잘 알고 있을 터.

무엇보다도 두 사람은 그것을 이유로 자신의 인생에서 중요한 시간을 대충 보낼 생각은 없었다.

"하지만, 그런가요. 그러면…… 유즈루 씨와 보낼 수 있는 시간은 줄어 버리겠네요."

"그러네. ……다음 학년에는 그렇게 될까?"

같은 학원에 다닌다면 함께 보낼 수 있는 시간은 변하지 않는다.

두 사람은 한순간 그렇게 생각했지만 입 밖으로 꺼내지는 않았다.

같이 보내고 싶다는 이유만으로 학원에 다닐 만큼, 두 사람은 수험을 얕보고 있지 않았다.

"……다음 학년? 봄방학은 본가에서 보내는 거 아닌가요?"

그래서 아리사가 신경이 쓰인 것은, 유즈루의 '다음 학년'이라는 말이었다.

다음 학년이라면 3학년, 그러니까 올해 4월 이후를 가리킨다.

하지만 봄방학은 3월…… 아직은 2학년이다.

"어…… 그게 말인데, 있잖아. ……괜찮다면, 우리 집에 오지 않을래?"

유즈루의 말에 아리사는 눈을 크게 떴다.

"물론 본가에는 이야기를 마쳤어. 그게, 갑자기 아리사와 보내는 시간이 줄어드는 건 쓸쓸하고…… 특히 가족이 해외에 가 있는 동안에는 나, 혼자 지내야 하니까. 그게…… 물론 네가 싫지 않다면 그렇다는 이야기지만, 그게, 어떨까?"

"그럴게요!!"

아리사는 눈을 빛내며 유즈루의 손을 잡았다.

※

봄방학이 시작되고 다음 날.

"이걸로 끝…… 영차."

유즈루는 마지막 짐을 종이박스에 담고 안도의 한숨을 내쉬었다.

그리고 이사 작업을 도와주러 온 약혼자와 친구들을 둘러봤다.

"고마워, 덕분에 살았어."

"그래. 이건 빚으로 해둘게."

나기리 텐카는 미소를 지으며 말했다.

유즈루가 알겠다는 듯 끄덕이자 텐카는 살짝 곤혹스럽다는 표정을 지었다.

……농담으로 건넨 말인가 보다.

"이것 참, 얇은 책 한둘은 나올 줄 알았는데."

"아쉽네요."

불순한 동기로 도와주러 왔는지 타치바나 아야카와 우에니시 치하루는 각자 그렇게 말했다.

"……난 그런 건 안 갖고 있어."

한편 유즈루는 아리사 쪽을 보며 변명하듯 말했다.

"당연하죠."

그 말에 아리사는 만면의 미소로 고개를 끄덕여 대답했다.

"하지만 남자들끼리만 모이기에는 편리한 장소였는데 말이지."

"정말이야."

사타케 소이치로와 료젠지 히지리는 저마다 그렇게 말

했다.
두 사람은 아리사의 다음 정도로 유즈루의 방에 죽치고 있던 인간들이었다.
남자친구들의 솔직한 말에 유즈루는 쓴웃음 지었다.
"미안하게 됐네. ……다른 장소를 찾자."
유즈루는 두 사람에 그러고는 시계를 확인했다.
시각은 14시를 지날 무렵.
아침 식사 이후로 계속 짐 정리를 하던 유즈루는 공복을 느끼고 있었다.
그리고 그것은 친구들도 마찬가지일 것이다.
그렇게 생각한 유즈루는 제안했다.
"뭔가 주문하지 않을래? 내가 살게."

※

"와, 피자! 오랜만이에요!!"
배달된 피자를 눈앞에 두고 아리사는 기쁜 듯 눈을 반짝였다.
시각은 15시를 지날 무렵.
점심으로는 너무 늦고 저녁으로는 너무 빠른 시간대가 되어버렸다.
"자, 그럼 유즈룽. 주최자로서 한마디 하시고."
"호들갑스럽네. ……뭐, 그건 괜찮지만. 어어—, 으—음,

그러네…… 오늘은 도와줘서 고마워. ……건배!"

"""건배."""

유즈루의 간단한 인사와 함께 모두는 종이컵을 들었다.

주스를 마신 다음에 피자를 나누어 먹기 시작했다.

"그런데…… 여러분은 수험 공부라든지, 언제부터 시작하나요? ……혹시 벌써 시작했나요?"

아리사는 그런 화제를 던졌다.

그러자 몇 명은 ──특히 치하루와 히지리는── 노골적으로 얼굴을 찌푸렸다.

"시, 싫은 걸 묻는군요…… 이럴 때."

"정말이야……."

"미, 미안해요."

즐거운 장소에서 할 이야기가 아니었다고 생각했는지, 아리사는 미안하다는 표정을 지었다.

하지만 유즈루는 그런 약혼자를 감싸듯이 고개를 크게 가로저었다.

"아니, 중요한 일이야. ……너희 같은 인간에게는 특히. 이제는 시작하지 않으면 늦지 않을까?"

두 사람의 지망 학교와 성적이 맞지 않는다는 사실을 유즈루는 파악하고 있었다.

하지만 유즈루의 말에 두 사람은 귀를 기울이기는커녕, 노골적으로 귀를 막는 것으로 듣고 싶지 않다는 태도를 취했다.

……이런 부분이 '지망 학교와 성적이 맞지 않는' 이유였다.
"그러는 아리사 씨는 어떨까?"
"저는 학원 춘계 강습에 다닐 생각이에요. ……유즈루 씨도 같이요."
텐카의 물음에 아리사가 대답했다.
유즈루도 동의하듯 끄덕였다.
"어머, 그러니. 우연이네…… 나도 그래. ……본격적으로 시작하려는 생각은 아니지만."
"나도. ……나는 이미 학원에 계속 다닐 생각이지만. 학교 수업만으로는 충분하지 않다고 느끼거든."
텐카와 소이치로는 각자 그렇게 대답했다.
스탠스는 미묘하게 다른 모양이지만 그래도 같이 다니는 동료가 있다는 사실은 든든했다.
친구와 다닐 수 있다는 사실을 유즈루와 아리사가 기뻐하는데, 찬물을 끼얹듯이 아야카가 끼어들었다.
"호오—, 성실하네. 아직 봄이라고? 나는 여름부터 시작할 생각인데."
아야카의 말에 유즈루는 쓴웃음 지었다.
방심하다가는 떨어진다고…… 같은 말은 할 수 없었다.
그녀는 천재 기질이다.
평소부터 아무것도 안 해도 나름대로 잘 하고, 조금만 하면 성적을 크게 높일 수 있다.
그런 타입의 인간이다.

"그렇죠?"

"그렇지! 좀 더 따듯해진 다음부터 해도 될 거야!"

"너희는 여름이 되면 좀 더 시원해진 다음이라고 그럴 것 같은데."

유즈루는 충고하듯 말했다.

'내일 하자'는 바보나 할 말이라고들 한다.

"자자, 괜찮지 않을까? 최악의 경우에는…… 재수를 한다는 방법도 있잖아?"

반쯤 농담처럼 텐카는 말했다.

실제로 유즈루의 고등학교에서는 재수를 선택하는 학생은 적지 않으니까 그녀의 말은 농담으로 그치지가 않는다.

……이곳에 있는 전원이 '현역 합격'할 가능성이 더 낮을 것이다.

"……2년 동안 공부하다니, 절대로 싫어요."

"나도 사양이야."

"그러면 지망 학교에서 떨어지더라도 타협해서 진학하는 건가요?"

아리사는 두 사람에게 물었다.

'학력'의 가치는 사람에 따라 제각각이다.

10대의 중요한 1년――사람에 따라서는 2년 이상――을 바칠 가치가 있는지도, 사람에 따라 제각각이다.

재수하는 것은 절대로 사양이라면 그런 선택지도 있다.

하지만 치하루와 히지리는 나란히 눈을 피했다.

아무래도 두 사람에게도 양보할 수 없는 지점이, 타협할 수 없는 라인이 있는 모양이었다.

"너희 같은 인간은 지금부터 조금씩이라도 공부하는 편이 낫지 않을까? 본격적으로 시작하는 건 여름 이후여도 괜찮겠지만…… 준비 기간이 있는 쪽이 낫다고 생각하는데."

"……그렇겠네요. 춘계 강습 정보…… 메시지로 보내줄래요?"

"……나도 부탁할게."

치하루와 히지리는 싫다는 표정으로 말했다.

아무래도 춘계 강습에 다니는 것은 아야카를 제외한 여섯 명이 될 것 같았다.

"어? 다들 다닐 거야? ……그럼 나도 갈래!! 혼자만 따돌림당하는 건 싫어!!"

정정.

일곱 명이 되었다.

※

유즈루의 퇴거가 별 탈 없이 끝나고 며칠 뒤.

"오늘은 초대해주셔서 감사합니다."

유즈루의 본가를 방문한 아리사는 그의 할아버지…… 타카세가와 소겐에게 머리를 숙였다.

그런 아리사에게 소겐은 온화한 미소를 지었다.

"아니, 나야말로. 초대에 응해주어 고맙구나. ……사실은 내가 아리사 양, 장래의 손주 며느리와 자주 이야기를 나누고 싶다며 이야기한 것이 계기라서 말이다."

"그, 그러신가요……?"

소겐의 말에 살짝 두근두근하며 아리사는 되물었다.

아리사와 소겐은 첫 대면이 아니지만 그다지 대화를 나눈 적이 없었다.

애당초 애인의 할아버지라는 존재는 결코 멀지는 않지만 가까운 관계라고도 할 수 없다.

"어어—, 뭐, 그렇게까지 긴장하진 말거라. 손자와의 시간을 방해할 생각은 없어. 애당초 우리는 평소에 별채 쪽에서 지내니까."

타카세가와 소겐은 타카세가와 가문의 실질적인 지배자이지만…….

그러나 그는 공적으로는 유즈루의 아버지에게 지위를 물려주고 은거한 몸이다.

그러니까 본가가 아니라 별채…… 그러니까 별관 쪽에 살고 있다.

다만 아들이나 손주를 만나려고 본가에 부단히 얼굴을 비추고는 있지만.

"영감, 이야기가 길어요! 나쁜 버릇이에요."

"딱히 그렇게까지 길게 이야기하진 않았다만……."

유즈루의 할머니—— 타카세가와 치와코가 쓴소리를 건

네자 소겐은 불만스럽다는 표정을 지으며 물러났다.

“이것 참, 미안하구나. ……젊은 아이를 앞에 두면 그만 길게 이야길 하고 싶어지는 나이이신 모양이야.”

“아뇨아뇨, 유즈루 씨의 할아버님과…… 대화를 나눌 수 있어서 무척 기뻐요.”

유즈루의 아버지, 타카세가와 카즈야의 말에 아리사는 미소를 지으며 대답했다.

딱히 유즈루네 할아버지의 이야기를 길다고 느끼지도 않았고…….

애당초 ‘약혼자 할아버지의 이야기가 길다’라는 말을 당사자의 눈앞에서 긍정할 만큼 아리사는 어리석지 않았다.

“그렇게 생각한다면, 빨리 집으로 들어가게 해줘야겠지.”

아리사 옆에서 트렁크를 손에 든 약혼자…… 유즈루는 그렇게 말했다.

역까지 아리사를 마중 나가서 여기까지 안내한 것은 유즈루였다.

차기 당주의 말에 선대 당주와 현 당주는 끄덕이고, 집으로 들어가도록 아리사를 인도했다.

“그럼, 실례합니다.”

아리사는 인사를 하고 집으로 들어갔다.

“일단…… 짐을 먼저 정리해버리자. 손님방으로 안내할게.”

“고마워요. 그럼, 그 전에…… 여기…… 아버지께서 보내시는 거예요.”

아리사는 손에 들고 있던 종이봉투를 가볍게 들어 올렸다.

종이봉투에는 화과자로 유명한 전통 있는 가게의 로고가 들어 있었다.

“호오, 고맙구나. ……아유미.”

“예. ……고마워요. 아리사 씨.”

카즈야의 말에 유즈루의 동생인 타카세가와 아유무가 앞으로 나와서는 아리사에게서 종이봉투를 받아들었다.

그 후, 아리사는 유즈루의 안내에 따라 복도를 걸었다.

안내받은 곳은 깔끔한 일본식 방이었다.

가구 일체도 갖추어져 있었다.

“좀 더 좋은 곳은 있지만…… 항아리라든지 족자 같은 게 있으면 아무래도 불안하겠지?”

“그러네요. ……이쪽이 좋아요.”

비싸 보이는 물건이 있으면 설령 그럴 생각이 없더라도 ‘실수로 망가뜨리지는 않을까’ 걱정된다.

약혼자의 배려에 아리사는 감사했다.

“그럼, 저녁까지 시간이 있는데…… 어떻게 할래? 내 방이라면 게임 같은 것도 있어. ……거실에는 안 가는 게 나아. 할아버지의 기나긴 이야기를 듣게 될 테니까.”

“……그럼 부탁이 하나 있는데, 괜찮을까요?”

“뭐든지.”

"강아지, 쓰다듬게 해주겠어요?"

아리사는 손을 꾸물꾸물하며 말했다.

"아아…… 귀여워요."

알렉산더(아키타견)를 쓰다듬으며 아리사는 표정이 풀어졌다.

근처에 유즈루가 있어서 그런가, 아니면 아리사를 기억하는 것인가.

알렉산더는 쓰다듬는 아리사의 손길에 얌전히 몸을 맡기고 있었다.

한동안 알렉산더를 쓰다듬으니 질투가 났는지 한니발(스페니시 마스티프)이 아리사를 툭 건드렸다.

"아, 잠깐만…… 알아요. 지금 쓰다듬어줄 테니까."

아리사는 알렉산더를 쓰다듬는 손길을 멈추고 한니발에게 손을 뻗었다.

커다란 그 머리랑 목 아래를 쓰다듬었다.

"크고 폭신폭신해서 포옹하는 느낌이 있네요. 고양이는 또 고양이대로 귀엽지만, 강아지도 강아지대로 좋네요……."

안겨드는 한니발의 머리를 쓰다듬으며 아리사는 감개무량하게 말했다.

녹아드는 눈빛에, 입가는 헤실헤실 풀어져 있었다.

유즈루에게도 이런 얼굴은 거의 보여주지 않았다.

"다음 생에는 개가 좋겠네……."

아리사가 길러줬으면 좋겠다.

유즈루는 다른 두 마리——잉글리시 마스티프인 스콜피오와 저먼 셰퍼드인 피로스——를 쓰다듬으며 그런 생각을 했다.

"기왕이면 고양이로 태어나요. 그러면 잔뜩 귀여워…… 꺄!"

"아, 아리사?!"

어느샌가 아리사에게 알렉산더와 한니발, 두 마리가 달라붙어서 장난을 치고 있었다.

두 마리는 아리사를 덮쳐 누르고 얼굴을 핥았다.

"아…… 자, 잠깐만……."

"으—음…… 이건…… 도와주는 편이 좋을까?"

시달리는 것처럼도 보이니까 도와줘야 할 것 같기도 하지만…….

그러나 아리사도 기뻐하는 것처럼 보이기도 했다.

게다가 두 마리가 사람을 물거나 그러지 않는다는 것은, 주인인 유즈루도 잘 알고 있었다.

"그, 그건…… 조금 고민되는 참이라…… 아! 역시, 도와줘요. 안 돼, 그렇게나 핥으면……."

"알겠어. 이 녀석들, 떨어져. 떨어져…… 떨어져!"

유즈루는 강한 말투로 두 마리를 제지하며, 강한 힘으로 떠밀듯이 아리사의 몸 위에서 개를 치웠다.

혼내는 것을 깨달았는지 두 마리는 시무룩하게 머리를

숙였다.
“자, 괜찮아? 아리사.”
“아, 예.”
유즈루는 쓰러져 있던 아리사를 일으켜 세웠다.
어떻게든 아리사는 일어났다.
다친 곳은 없어 보였다.
하지만 흙투성이, 털투성이, 그리고 개 침투성이었다.
“저녁 전에 씻는 편이 낫겠어.”
“아하하…… 그러네요.”
아리사는 쓴웃음 지었다.

※

“저녁 전에…… 죄송해요.”
목욕을 마친 아리사는 꾸벅꾸벅 머리를 숙였다.
거실에는 유즈루를 포함해서 모두가 모여 있고, 테이블 위에는 요리가 놓여 있었다.
“아니, 괜찮아. 지금 막 차린 참이고…… 그보다도, 미안해. 우리 개들이…….”
유즈루의 어머니, 사요리 역시도 미안하다는 듯 말했다.
더러워진 아리사의 옷은 세탁으로 내놓았다.
“아뇨, 방심하고 있던 제 잘못이니까요…….”
아리사는 또다시 머리를 숙이고는 비어 있던 자리……

유즈루 옆에 앉았다.

그와 동시에 가정부가 메인이 되는 마지막 요리…… 회를 가져왔다.

"그럼 식사를 할까."

소겐의 그런 말과 함께 저녁식사가 시작되었다.

유즈루가 먹기 시작한 것을 확인한 뒤, 아리사도 젓가락을 들었다.

생선조림을 가르고 입으로 옮겼다.

"맛있어…… 이건 킨키인가요?"

아리사는 사요리에게 물었다.

그러자 사요리는 멋쩍은 표정을 지었다.

"어? 어…… 그게……."

"……킨키가 맞아요, 사모님."

근처에 있던 가정부가 작은 목소리로 사요리에게 귓속말했다.

그러자 사요리는 그럴듯한 표정으로 끄덕였다.

"그래, 킨키야."

"그, 그런가요. ……그렇군요."

평소에는 가정부가 요리를 만든다.

그런 이야기를 떠올린 아리사는 쓴웃음 지으며 끄덕였다.

"아리사. 회, 줄까?"

옆에 앉아 있던 유즈루가 아리사에게 물었다.

중앙에 놓여 있는 회는, 아리사 자리에서는 조금 가져가기 힘들었다.

그리고 큰 접시에 담겨 있는 요리에 젓가락을 옮기는 것은, 조금 조심스러운 기분이 드는 것은 부정할 수 없다.

설령 상대가 자신을 손님으로서 환영하고 있더라도.

그래서 유즈루의 제안은 아리사에게 무척 고마운 이야기였다.

"그럼, 부탁할게요."

"몇 점씩 먹을래?"

"일단 한 점씩 부탁해요."

아리사가 그렇게 말하자 유즈루는 앞 접시에 회를 덜어주었다.

한 종류, 한 점씩. 도합 다섯 점.

이 정도라면 모두 먹을 수 있다.

"항상 이렇게나 호화로운…… 건 아니겠죠?"

아리사는 유즈루에게 물었다.

아리사의 말에 유즈루는 쓴웃음 지으며 끄덕였다.

"오늘은 네가 온…… 첫날이니까. 매일 먹고 싶어?"

"그건 좀 주눅이 들 거에요……."

유즈루의 반쯤 농담인 말에 아리사는 쓴웃음 지었다.

"아…… 그러고 보니 아리사 양은, 어떤 음식을 좋아하는가?"

유즈루와 아리사의 대화가 끝나는 것을 계산한 듯한 타이밍으로, 소겐이 조심스럽게 물었다.

아리사와, 손자의 약혼자와, 젊은 아이와 대화를 나누고 싶어서 근질근질하다.

그런 표정이었다.

"그러네요……."

아리사로서도 약혼자의 할아버지와 친해질 기회였다.

미소를 지으며 아리사는 유즈루의 할아버지와 대화를 시작했다.

그리고 약 한 시간 정도가 지나서…….

"그래서 말이다, 나는 GHQ 녀석들한테……."

"……아, 예."

조금 길어졌다.

아리사가 그렇게 느끼기 시작했을 무렵이었다.

"아리사. 슬슬 내일 준비, 하지 않을래?"

유즈루가 대화에 끼어들듯이 이야기를 꺼냈다.

그러자 소겐은 의아하다는 표정을 지었다.

"……내일?"

"내일은 나도 아리사도, 춘계 강습에 가거든. ……잊어버렸어?"

유즈루가 쓴웃음 지으며 소겐에게 말하자 과장된 동작으로 크게 끄덕였다.

"설마, 기억하고 있다. 그렇게까지 정신이 없진 않아. ……어, 음. 그렇군. 그렇다면 내일은 빨리 움직여야 하나. 오늘은 여기까지로 하지. ……둘 다, 일찍 자도록 해라."

그러더니 소겐은 무언가를 얼버무리듯이 헛기침을 했다.

※

저녁식사 후.

유즈루 앞에서 단둘이 된 타이밍에, 유즈루는 미안하다는 표정으로 아리사에게 머리를 숙였다.

“길어져서 미안해. ……긴 이야기는 참아달라고 말해뒀는데.”

“아뇨, 무척 흥미 깊은 이야기였어요.”

부끄러워하는 유즈루에게 아리사는 그렇게 대답했다.

실제로 정계와 재계의 이면까지 속속들이 아는 노인의 이야기는 재미있는 에피소드도 많았다.

“그렇게 말해주니 기쁘지만, 할아버지한테 그 말은 안 하는 게 나아.”

“저기…… 그건?”

“네가 좀 전보다 몇 배는 더 긴 이야기를 듣고 싶다면 또 모르겠지만…….”

“……충고, 고마워요.”

유즈루의 말에 아리사는 진지하게 끄덕였다.

그리고 두 사람은 알콩달콩하며 내일 아침부터 시작되는 춘계 강습 준비를 진행했다.

그리고 23시를 넘어가는 타이밍에, 서로 잠자리에 들기로 했다.

"그럼 아리사. 화장실은 나가서 바로 거기 있으니까."

"예, 고마워요."

"무서우면 전화해. 바로 갈게."

"……이번에는 괜찮으니까요."

아리사는 울컥한 표정으로 대답했다.

그러자 유즈루는 유쾌하게 웃었다.

"그런데…… 아리사."

"예?"

"사흘 뒤에…… 우리 부모님은 여행을 가니까 말이지."

"예. ……그렇게 들었어요."

올해, 유즈루는 여행을 가지 않지만…….

하지만 유즈루를 제외한 가족들은 예년처럼 해외여행을 떠난다.

그 이야기는 아리사도 사전에 들었다.

애당초 유즈루가 아리사를 초대한 이유가 '혼자 있으면 쓸쓸하니까'였을 터.

"그게 어쨌나요?"

새삼스럽게 무슨 이야기를?

그런 생각을 하며 아리사는 물었다.

"응. 뭐, 그러니까 말이야."

유즈루는 그러면서 얼굴을 아리사의 귓가에 가져다 댔다.

"……그렇게 되면, 같이 잘 수 있으니까."

그리고, 그렇게 속삭였다.
아리사는 그 말에 얼굴이 살짝 뜨거워지는 것을 느꼈다.
"……예. 기대할게요."
붉은 얼굴로 아리사는 대답했다.

※

다음 날 아침.
평소와 같은 시각에 깬 아리사는 옷을 갈아입고, 얼굴을 씻으러 세면대로 향했다.
"……일어난 건 나뿐인가?"
너무 빨리 일어났느냐고, 아리사는 무심코 고개를 갸웃거렸다.
일단 얼굴을 씻은 아리사는 부엌으로 향했다.
혹시 사람이 있다면 그곳이라고 생각했으니까.
"역시 이 시간이 아니면 늦어지겠죠, 아침 식사 준비는."
다가가자 어렴풋이 부엌에서 소리가 나는 것을 아리사는 알아차렸다.
사요리가 요리를 하고 있을 것이다.
도와야겠다며 아리사는 부엌으로 얼굴을 내밀었다.
"안녕하세요……?"
하지만 그곳에 있던 것은 사요리가 아니었다.
타카세가와 가문의 사람이 아닌…… 중년 여성이었다.

하지만 모르는 인물은 아니었다.
자기소개를 한 적은 있고, 무엇보다 어젯밤에는 그녀가 저녁을 준비했으니까.
"어머…… 안녕하세요, 작은 사모님. 빨리 일어나셨네요."
타카세가와 가문에서 일하는 가정부 여성은 식칼을 든 손을 멈추더니 아리사에게 머리를 숙였다.
'작은 사모님'이라고 불린 아리사는 무심코 쓴웃음 지었다.
"사모님이라니…… 아직 그렇지는 않아요."
"오호호, 그랬죠. 그럼 실례지만…… 아리사 님이라고 부르면 될까요?"
"……예."
'님'이라는 경칭으로 불린 아리사는 저도 모르게 뺨을 긁적였다.
'손님'이나 '유키시로 님'이라고 레스토랑 등에서 불린 적은 있지만, '아리사 님'은 처음이었다.
"아침 식사 준비인가요?"
"예, 그래요."
"뭔가 도울 수 있는 일은 있을까요?"
아리사가 일찍 일어난 것은 아침 준비를 돕기 위해서였다.
장래에 시집을 올 사람으로서 손님 취급에 '식객'으로만 계속 보내는 것은, 아리사로서는 조금 마음이 무거웠다.
"아뇨아뇨…… 아리사 님은 편히 쉬고 계세요."

"간단한 일이라면 할 수 있는데……."

아리사의 말에 가정부 여성은 조금 곤란하다는 표정을 지었다.

"그게…… 마음은 무척 기쁘지만요. 제 일이니까요."

"그, 그런, 가요……."

일이니까.

그렇게 말해버리면 아리사도 억지로 돕겠다고 할 수가 없었다.

"아, 그렇지…… 혹시 괜찮으시면, 시간이 되면 도련님을 깨워주시지 않겠어요? 아리사 님께서 깨우러 가시는 게 더 기뻐하실 테니까요……."

"그러, 네요. 그렇게 할게요."

이리하여 아리사는 완곡하게 부엌에서 쫓겨나고 말았다.

※

학원으로 가는 도중.

"주말과 공휴일 말고는 가사 도우미가 계신다는 인식이면 될까요?"

아리사는 유즈루에게 물었다.

아리사의 말에 유즈루는 끄덕였다.

"기본적으로는 말이지. 그리고…… 여행을 간 동안에는 없을까."

"여행? ……아, 해외여행 말인가요."

"그래. 가사 도우미…… 그리고 정원사 같은 사람도 있는데, 그 사람들을 쉬게 해주려는 목적도 있으니까. 그러니까 할아버지랑 할머니는 온천 여행을 가시고. ……정말로 단둘이야. 안심해."

"그런……가요."

아무래도 유즈루는 가정부가 있으니 단둘이 있을 수 있겠느냐, 아리사가 그런 걱정을 한다고 생각했나 보다.

물론 그런 걱정이 없지는 않았지만…… 하지만 아리사가 신경을 쓰는 것은 그 부분이 아니었다.

"……무슨 일 있었어?"

생각하던 대답을 얻지 못했다.

그런 마음이 얼굴에 드러났나 보다.

유즈루가 묻자 아리사는 작게 끄덕였다.

"저기…… 오늘 아침, 도와드리려 했는데 거절을 당해서요."

"아, 아아…… 응, 그러네. 도와줄 필요는 없다……고 할까, 돕지 않는 편이 나을까…… 일을 빼앗는 건 좋지 않아."

"그렇겠죠……."

유즈루의 말에 아리사는 작게 어깨를 떨어뜨렸다.

채용 계약을 맺은 이상, 아무리 선의라고는 해도 영역을 침범하는 것은 좋지 않다는 사실은 아리사도 알고 있었다.

하지만 알고 있다고는 해도 아무래도 불편했다.

"……집안일을 하고 싶어?"

"하고 싶다……고 할까, 그게, 그러네요. 유즈루 씨한테 제가 만든 요리를 주고 싶다고는…… 생각해요."

당연히 아리사에게도 좋아하는 집안일, 싫어하는 집안일, 잘하는 집안일, 못 하는 집안일이 있다.

예를 들면 화장실 청소 같은 경우는 솔선해서 하자는 생각은 없다.

반면에 요리 쪽으로는, 손수 만든 요리를 유즈루에게 주고 싶다는 기분이 있었다.

아리사가 자신감을 가지고 자랑할 수 있는 특기 분야이고, 그리고 유즈루의 위장을 붙잡았다는 자부심도 있으니까.

"그럼 이틀째부터 부탁할까?"

"예. 그런데…… 저희가 결혼한 뒤에 말인데요……."

"아…… 그쪽인가."

아리사의 말에 유즈루는 턱에 손을 대고서 생각한 뒤, 입을 열었다.

"대학교에 입학하고…… 졸업하는 게 최소한 5년 뒤겠지? 대학원에 진학한다면 조금 더 걸릴까. 그다음에 결혼하고…… 한동안은 아파트나 별채에서 살까. 본가로 옮기는 건 그다음이고…… 그때에는 최연장자인 사람은 은퇴했을까."

"……그렇다면 저, 요리를 할 수 있나요?"

최연장자인 사람은 은퇴한다.

그러니까 사람이 줄어들어 아리사가 집안일을 할 수 있겠다고 받아들였다.

그 해석이 옳은지 아리사가 묻자 유즈루는 크게 끄덕였다.

"네가 하고 싶다면. ……일까? 반대로 네게 하고 싶은 일이나 취미, 연구가 생겨서…… 요리에 손이 돌아가지 않는다면, 그냥 사람을 늘리면 돼."

"과연. 그런, 가요. ……하고 싶은 일을 찾을 수 있을지는, 알 수 없지만요. 그때에 생각하면 되는 일이군요."

"그러네. ……이틀 뒤부터는, 기대해도 될까?"

유즈루가 그렇게 묻자 아리사는 크게 끄덕였다.

"예, 물론이에요!"

※

"아리사. 지금 유즈룽네 본가에 있지?"

춘계 강습, 사흘째.

학원에서 휴식시간 중에 아야카는 아리사에게 말을 건넸다.

아야카의 물음에 아리사는 끄덕였다.

"예, 그래요. 실례하고 있어요."

"뭔가, 진전은 있었어?"

"……진전, 이라고요?"

아야카의 물음에 아리사는 고개를 갸웃거렸다.
한편 아야카는 싱글싱글 미소를 지으며 아리사에게 귓속말했다.
"아니, 약혼자랑 한 지붕 아래에서 잔다면, 할 일은 하나잖아."
"무슨!"
아야카의 말에 아리사는 얼굴을 새빨갛게 물들였다.
"가족도 있다고요? 그런 일을 할 수 있을 리가 없잖아요!"
한 지붕 아래인 것은 틀림없지만, 그러나 유즈루 말고 다른 타카세가와 가문의 사람들도 같은 지붕 아래에 있는 것이다.
들여다볼 일은 없더라도 무언가를 했을까 의심을 받을 법한 일을 할 수 있을 만큼, 아리사는 배짱이 두둑하지 않았다.
"그렇다면, 없으면 할 거야?"
"그, 그건……."
아리사는 사흘 전 유즈루의 말── 가족이 여행을 떠나면 같이 잘 수 있다는 말을 떠올렸다.
유즈루의 가족들은 두 사람이 학원에서 돌아온 뒤, 집을 출발할 예정이었다.
그러니까 오늘 밤부터 아리사와 유즈루는 같은 이불에서 잘 수 있다.
"얼굴, 새빨간데. 어라, 정곡이었어?"

“아, 아니에요! 이, 이상한 추측 하지 말아요! ……딱히 유즈루 씨랑 같이 자는 건 이번이 처음도 아니니까.”

유즈루와 아리사가 한 지붕 아래에서 지내는 것은 이번이 처음도 아니다.

그리고 함께 자는 것도 처음이 아니다.

지나친 생각이라고…… 아리사는 스스로를 타이르며 그렇게 주장했다.

“나, 잔다고는 한마디도 안 했는데? 이야—, 야하셔라!”

“윽…… 하지만 그런 의도를 담은 거잖아요.”

연상될 법한 말을 한 것은 그쪽이라고, 아리사는 아야카를 노려봤다.

한편 아야카는 어깨를 으쓱였다.

“뭐, 그렇지만…… 하지만 그것 말고도 이것저것 있잖아.”

“……그것 말고, 말인가요?”

“응, 그것 말고. 어라, 아리사는 약혼자랑 한 지붕 아래에서 할 일이라면, 그것 말고는 안 떠오르는 거야?”

“그런 이야긴 그만 해요. ……후보가 너무 많아서 무슨 일인지 알 수가 없는 거예요. 애당초 할 수 있는 일이라면 대충 다 했으니까.”

같이 잔다.

무릎베개를 한다, 팔베개를 받는다.

입맞춤을 한다. 서로 끌어안는다.

손수 요리를 만들어준다. 같이 요리를 한다.

같이 논다.

무언가 특별한 일을 하는 것도 아니고, 별것 아닌 시간을 보낸다.

할 수 있는 일은 대략 다 했다.

하지 않은 일이 있다면 그 정도라고 아리사는 생각했다.

"호오, 그럼 알몸을 보여준 적도 있구나."

"아, 알몸이라니…… 어, 없어요! 그, 그런 일은!!"

수영복을 포함해서 반라에 가까운 모습이 된 적은 있지만, 알몸을 보여준 적은 없었다.

그리고 반대로 본 적도 없었다.

반라와 전라는, 중요한 곳을 가리는지 아닌지로 큰 차이가 있다.

"애, 애당초…… 그야말로 알몸이라니, 그럴 때 정도가 아니고서야, 보여줄 일, 없잖아요."

"그런가?"

"그래요. ……갑자기 아무 맥락도 없이 알몸이 되진 않겠죠?"

알몸을 보여줘.

갑자기 그런 소리를 하더라도 곤란하다.

물론 싫은 것은 아니지만…… 무드나 분위기라는 것은 소중하다.

"그런가? 그것 말고도 있다고 생각하는데."

"……어떤 때인가요?"

“아, 신경 쓰여? 그렇게나 보여주고 싶어? 아니면 보고 싶은 거야?”

“아니에요!”

아야카의 놀림에 아리사는 토라진 듯 고개를 홱 돌리는 것이었다.

※

“그럼 방해꾼은 사라질 테니까. 젊은 두 사람끼리 즐기도록 해.”

“배려, 고마워.”

아유미의 말에 유즈루는 쓴웃음 지으며 대답했다.

아유미는 유즈루와 아리사에게 손을 흔든 뒤, “자, 가자!”라고 외치며 부모님의 얼굴을 올려다봤다.

하지만 유즈루의 부모님은 아직 미련이 있는 듯했다.

“유즈루, 잠깐만 와봐.”

“뭔데, 어머니.”

사요리의 손짓에 응해서 유즈루는 그녀 곁으로 달려갔다.

사요리는 아리사 쪽을 살짝 본 뒤, 가까이 다가온 아들에게 귓속말했다.

“알고는 있겠지만, 너무 도가 지나치면 안 된다?”

“나도 알아.”

“아리사 양의 보호자에게 우리가 머리를 숙여야만 할 일은, 절대로 하지 마."

"안다니까. ……조금 더, 신용해줘도 되잖아?"

유즈루는 울컥한 표정으로 사요리에게 말했다.

유즈루는 얼른 아리사와 둘이서 알콩달콩했으면 좋겠다고 생각하지만, 당연히 한도는 잘 알고 있었다.

애당초 유즈루는 아리사가 곤란해할 일, 괴로워하거나 슬퍼할 일을 할 생각은 전혀 없었다.

"진짜 현모양처는 말이지, 남편이나 아들을 믿으면서도 맹신하지 않는 사람을 말하는 거야."

"현모양처, 말이지……."

"무슨 불만이라도 있니?"

"없습니다."

사요리의 말에 유즈루는 고개를 가로저었다.

사요리는 만족스럽게 끄덕이고 아리사를 돌아봤다.

"그럼, 우리 아들을 잘 부탁할게."

"예. 맡겨주세요."

아리사는 힘차게 끄덕였다.

그 말에 사요리는 물론 카즈야도 미소를 지었다.

"든든한 말이구나. 안심하고 집을 맡길 수 있겠어. ……그럼, 다녀오마. 무슨 일 있으면 사양 말고 연락해다오."

그런 말을 남기고, 세 사람은 차를 타고 떠났다.

배웅한 뒤, 유즈루는 아리사의 어깨에 손을 얹었다.

"……무슨 일 있었나요?"

"아무래도 나는 부모님한테 신용을 받지 못하나 봐. 상처받았어. 위로해줘."

유즈루는 그러면서 아리사에게 자기 머리를 내밀었다.

물론 유즈루는 그 정도 말로 상처를 받을 만큼 유약한 인간이 아니다.

아리사와 알콩달콩하려는 대의명분에 불과했다.

"예예……."

아리사는 어이없다는 얼굴로 유즈루의 머리를 다정하게 쓰다듬는 것이었다.

※

"유즈루 씨, 아—앙."

"아—앙……."

유즈루는 입을 열고 요리용 젓가락에 들린 고기감자조림을 맞이했다.

아리사는 손에 든 젓가락을 내리고 유즈루에게 물었다.

"어떤가요?"

"응, 맛있어. 딱 좋은 느낌이라고 생각해."

유즈루의 말에 아리사는 만족스럽게 끄덕였다.

"그런가요. 그럼 이걸로 완성하죠."

유즈루의 부모님과 동생이 해외여행을 떠난 뒤.

유즈루와 아리사는 곧바로 저녁 준비에 착수했다.

"그리고 생선만 남았는데…… 어떻게 할까요?"
"적당히 구워졌……을까?"
"……보여줘요. 이건…… 구워졌네요. 괜찮아요."
주 메뉴가 완성된 것을 확인하고, 두 사람은 쟁반에 요리를 담아서 거실로 옮겼다.
"잘 먹겠습니다" 인사를 한 뒤, 식사를 시작했다.
"네 요리는 무척 오랜만인데, 역시 맛있어."
유즈루는 눈가에 호를 그리며 말했다.
가정부들도 그쪽 방면의 프로니까 요리는 맛있지만…… 하지만 아리사가, 약혼자가 만들어준 요리는 각별했다.
"고마워요. ……유즈루 씨가 구워준 생선도 맛있다고요?"
"아니, 그건 그릴이 굉장한 것뿐이니까……."
"알아요. 농담이에요."
잡담을 나누며 두 사람은 식사를 마쳤다.
설거지를 하며 유즈루는 아리사에게 물었다.
"이다음에는 어떻게 할까?"
"……그러네요."
유즈루의 물음에 아리사는 잠시 생각하는 모습을 내비친 뒤, 가볍게 손뼉을 쳤다.
"그렇지. 꼭 보고 싶은 게 있어서요."
"보고 싶은 거?"
"예. 유즈루 씨가 어릴 적에 녹화한 비디오 같은 건 있나요?"

"아…… 그렇구나."
아리사의 말에 유즈루는 뺨을 긁적였다.
앨범이나 녹화 비디오 같이 '추억'을 오려낸 정보 매체는 대부분의 가정에는 존재할 것이다.
당연히 유즈루의 집에도 그런 것이…… 그것도 대량으로 있었다.
그러니까 보여주는 것은 가능했다.
"……문제가 있나요?"
"아니, 조금 부끄러워서……."
"싫다면 억지로 보자고 하진 않는데요……."
아쉽다는 표정으로 아리사는 말했다.
그런 아리사에게 유즈루는 고개를 가로저었다.
"아니…… 괜찮아. 부끄럽기는 부끄럽지만…… 보여주고 싶지 않다는 건 아냐. 네가 보고 싶다면 보여줄게. ……보고 싶잖아?"
"예. 무척…… 신경 쓰여요!"
아리사는 눈을 반짝이며 크게 끄덕였다.
유즈루는 쓴웃음 지으며 설거지한 식기를 놓고, 손을 손수건으로 닦았다.
"알았어. ……잠깐 찾아올 테니까. 나머지 설거지는 맡겨도 될까? 끝나면 거실에서 기다려줘."
"예!"
무언가를 찾을 때(이럴 때), 집이 넓으면 곤란하다.

유즈루는 마음속으로 그런 생각을 하며, 어릴 적의 일이 기록되어 있을 데이터 디스크를 찾기 시작했다.

다행히도 보관 장소는 유즈루가 예상한 그대로라서, 아리사가 설거지를 마쳤을 무렵에는 가져올 수 있었다.

"어느 부분부터 보고 싶어?"

"그러네요. ……그럼, 처음부터."

"갓난아기 시절 말이지."

길어질 것 같다고 유즈루는 쓴웃음 지으며 디스크를 재생했다.

텔레비전에 젊은 여성과 갓난아기가 나왔다.

"와…… 이거 유즈루 씨. 귀여워……."

"네가 더 귀여워."

"그런 건 지금은 됐으니까요."

화면 안의 유즈루는 조금씩 성장하기 시작했다.

그런 유즈루의 모습을 보고 "조금 비슷해졌어"라며 아리사는 기쁜 듯 웃었다.

하지만 도중에 아리사는 자기 얼굴을 양손으로 덮기 시작했다.

"와, 와와…… 빠, 빨리 감기 해 줘요!"

"……그렇게까지 과도하게 반응할 것까지야."

그곳은 마침 유즈루를 욕조에 담그고 있는 장면이었다.

당연히 유즈루는 알몸으로 거침없는 모습이 되어 있었다.

다만 갓난아기니까 '거침없다'라고 할 것도 아니지만.

"아, 안 돼요…… 범죄가 되어버려요!"

"허어, 뭐, 그건 알겠는데……."

얼굴을 살짝 붉히고 허둥지둥하는 아리사의 모습을 보는 것은 재미있었지만…….

약혼자를 너무 곤란하게 만드는 것도 좋지 않겠다는 생각에, 유즈루는 시키는 대로 스킵 기능을 사용했다.

다음 순간, 제대로 옷을 입은 유즈루가 화면에 나왔다.

그 후로도 유즈루의 성장은 이어졌다.

엉금엉금 기던 것이 일어서게 되고, 두 발로 걷기 시작하고, 뛰기 시작했다.

"아하하, 유즈루 씨. 응석받이였네요."

유치원 가기 싫어!

울면서 그렇게 떼를 쓰고 어머니에게 매달리는 유즈루를 보고 아리사는 즐겁게 웃었다.

"옛날 일이야. ……너무 놀리진 말아줘."

한편 화면 밖의 유즈루는 한숨을 내쉬며 말했다.

아무리 과거라고는 해도 자신의 추태를 약혼자에게 보여주는 것은 무척 부끄러웠다.

"좋네요. 이런 거……."

아리사는 부럽다는 표정으로 중얼거렸다.

그 표정은 조금 쓸쓸해 보였다.

"안 남아 있어? ……초등학생 때까지는. 사진 같은 거라도."

아리사의 부모님이 돌아가신 것은 그녀가 초등학생 때였다.

그러니까 아리사의 부모님이 기계 조작이 서투르다는 이유라도 아닌 한, 그때까지의 녹화 비디오나 사진을 남아 있더라도 이상하지 않다.

"……어떨까요? 물어본 적이 없으니까 모르겠어요."

"……안 물어볼 거야?"

"그러, 네요. 그럴 마음이 든다면……."

무척 소극적인 자세의 아리사를 보고 유즈루는 고개를 갸웃거렸다.

부러워하면서도 찾으려고 하지 않는 것은 유즈루로서는 조금 이해하기 힘들었다.

'……남아 있지 않다는 말을 듣는 게 무섭다든지? 살아 있는 부모님을 보고 싶지 않다든지?'

그곳에는 아리사만이 알 수 있는 복잡한 감정이 있을 듯했다.

이것만큼은 함부로 건드리지 않는 편이 낫겠다고 판단한 유즈루는 그런 아리사의 어깨를 끌어안았다.

"이제부터 잔뜩 남기자. ……물론 아이들 것도."

"정말이지, 마음만 너무 앞섰어요."

아리사는 얼굴을 살짝 붉히며 말했다.

※

"또…… 아야카 씨가 찍혀 있네요."
뾰로통한 목소리로 아리사는 말했다.
화면에는 다섯 살 정도의 두 소년과 한 소녀――유즈루와 소이치로, 아야카――가 나오고 있었다.
세 사람은 소꿉놀이를 하는 모양이었다.
아야카는 소이치로에게 흙 경단을 먹이려 하고, 유즈루는 그것을 보고서 기겁하는―― 모습이 찍혀 있었다.
"그러네."
"어째선가요."
"소꿉친구니까."
"……저는 안 나오는데."
"아직 아는 사이도 아니니까."
"……."
"어쩔 수도 없는 일로 화내진 말아줘……."
"화 안 났어요."
아리사는 그러면서 유즈루 쪽으로 몸을 기대고 머리를 쿡 내밀었다.
그런 아리사의 머리를 유즈루는 다정하게 쓰다듬었다.
"나는 아야카의 흙 경단보다 네가 만들어주는 요리가 더 좋아."
"당연하죠. 애당초 흙 경단은 먹을 수도 없잖아요?"
"……소이치로는 먹고 있는데."

"……안 됐네요."

이때부터 둘의 역학 관계는 확실한 모양이었다.

유즈루도 아리사도 쓴웃음 지었다.

아리사의 기분이 조금 좋아진 참에, 화면이 전환되었다.

그곳은 본 적이 있는 욕실이고…….

"와왓! 아, 안 돼요!"

"아야……."

아리사는 당황해서는 유즈루의 눈가를 손으로 덮었다.

가볍다고는 해도 얼굴을 손으로 얻어맞은 유즈루는 작게 비명을 터뜨렸다.

"뭐, 뭐 하는 거야!"

"보, 보면 안 돼요!!"

"다섯 살 애들 알몸이라고……."

"안 돼요!! ……넘길 테니까요!!"

아리사를 소리를 치듯 말했다.

잠시 후, 유즈루의 시야가 열렸다.

"너무 신경 쓰는 거 아냐?"

"신경 쓰이죠! ……왜 같이 목욕을 하는 건가요?"

"글쎄…… 아, 소꿉놀이 때문에 흙투성이가 되어서 그런 게 아닐까? 시계열을 생각하면."

소이치로에게 흙 경단을 먹이던 장면에서는, 유즈루도 소이치로도 아야카도 흙투성이가 되어 있었다.

소꿉놀이가 끝난 뒤, 보호자들은 셋을 한꺼번에 욕조에

넣어서 씻기려고 했을 것이다.
유즈루는 그런 추측을 했다.
"으읏…… 이, 이러니까 소꿉친구는……! 어, 언제까지 같이 목욕했나요?!"
"으—음…… 애당초 아까 그 장면도 기억에 없으니까. 저게 처음이자 마지막 아닐까? 잘은 모르겠지만……."
적어도 유즈루의 기억상으로는 없었다.
다만 앞으로 녹화 비디오를 계속 재생하는 동안에 발굴될 가능성도 부정할 수 없지만.
"그런가요. ……그럼, 용서해줄게요."
그러면서 작게 흠, 콧김을 내뿜는 아리사에게 유즈루는 무심코 쓴웃음 지었다.
"그렇게나 부러우면, 나중에 같이 목욕할래?"
반쯤 농담으로 유즈루는 아리사에게 제안해봤다.
그러자 아리사가 굳었다.
조금 뒤, 비취색 눈동자를 크게 떴다.
"어어…… 그, 그게, 지금 그건 농……."
"……같이 하고, 싶나요?"
유즈루가 얼버무리려고 하자 아리사는 희미하게 붉어진 표정으로 물었다.
유즈루는 잠시 생각하고는 끄덕였다.
"……하고 싶어."
"그런, 가요."

"……아리사는?"

"저도…… 생각이 없진 않아요."

아리사는 촉촉한 눈빛으로 유즈루를 올려다보며 말했다.

이렇게까지 말한다면 이제 와서 도망칠 수야 없다.

그리고 유즈루에게는 도망칠 생각도 없고, 도망칠 필요성도 없었다.

"그, 그런가…… 그럼, 같이 할까."

"예. ……같이 해요."

유즈루의 말에 아리사는 힘차게, 끄덕였다.

"……."

"……."

그리고 잠깐의 침묵.

"……수영복, 없는데, 괜찮아?"

"……예. 알고 있어요."

"그런……가."

어느샌가 유즈루의 심장은 지독하게 고동치고 있었다.

바라던 일임에도 불구하고 막상 눈앞까지 그것이 들이닥친 순간, 긴장하고 만 것이었다.

"물, 데워둘게. ……기다려주지 않을래?"

유즈루는 아리사에게 그렇게 말하고는 일어섰다.

유즈루의 말에 아리사는 끄덕였다.

"예. 욕실 청소는……."

"가사 도우미가 해줘."

"그런가요."
"그러니까 물만 데우면 돼. 그럼, 다녀올게."
유즈루는 그러더니 조급해지는 마음을 억누르며 욕실로 향했다.
물을 데우는 것은 간단해서, 급탕 기능 버튼을 누르면 그만이다.
버튼을 한 번 누른 뒤, 유즈루는 거실로 돌아왔다.
아리사는 정좌하고서 유즈루를 기다리고 있었다.
"……데워두고 왔어. 15분 정도면 될 거야."
이제, 도망칠 수 없으니까.
아리사에게, 그리고 스스로에게 이야기하듯 유즈루는 그렇게 말한 뒤, 그녀 옆에 앉았다.
"……."
"……."
텔레비전 소리만이 실내에 울렸다.
유즈루는 아리사와 무슨 이야기를 나누면 좋을지 알 수 없었다.
참을 수 없어져서 바쁘게 고개를 움직이고 방 안의 모습을 살폈다.
당연히 무언가 신경 쓰이는 것이 보일 리도 없었다.
유즈루는 다시 아리사 쪽으로 시선을 향했다.
"""아……."""
그러자 고개를 숙이고 있던 아리사와 눈이 마주치고 말

았다.

눈이 마주쳤으니 무언가 이야기를 해야만 한다.

““저, 저기…….””

그렇게 생각한 것은 유즈루도 아리사도 마찬가지였다.

두 사람의 목소리가 겹쳤다.

“유, 유즈루 씨…… 먼저.”

“그, 그게…….”

아리사의 재촉에 유즈루는 필사적으로 화제를 생각했다.

말을 건네느라 필사적이어서 중요한 내용은 생각하지 않았던 것이다.

“내일 학원 수업 말인데…….”

이미 어느 정도 이야기를 나누었을 터인 내용을, 유즈루는 몇 번이고 되풀이했다.

그리고 아리사 역시도 몇 번이고 맞장구를 쳤다.

두 사람의 대화에는 내용이 없고, 그리고 둘 다 건성이었다.

“……그런데, 아리사는?”

“저, 저요? 으, 으음…… 뭘까요?”

“무슨 말을 하려고 했는지…….”

“아, 아아! 그, 그러네요…… 그, 그게…….”

아리사 역시도 아무것도 생각하지 않았을 것이다.

시선을 헤맸다.

“목욕한 다음에는, 어, 어떻게 할까요?”

시각은 아직 20시.
아무리 오래 목욕을 하더라도 나오는 것은 21시 무렵일 것이다.
잠자리에 들기에는 조금 지나치게 빠르다.
"비디오를 계속…… 보면 되지 않을까? ……질리면 게임을 하자."
"그, 그러네요."
아리사는 메마른 목소리로 웃었다.
유즈루 역시도 긴장해서 굳은 얼굴에 억지로 미소를 지었다.
"……."
"……."
또다시 침묵.
1분인가, 2분인가…… 아니면 5분 이상인가.
아리사는 천천히 일어섰다.
"……아리사?"
"갈아입을 옷이랑 수건을 가져올게요."
"그, 그런가. 그럼, 나도…… 가져올게."
유즈루도 그러면서 일어섰다.
"……아마도 몸을 씻는 동안에 다 찰 테니까."
"그런, 가요."
"그러니까 이제 들어갈 수 있을 거야."
"그럼…… 욕실에서 집합하는 걸로."

그렇게 결정하고 유즈루는 아리사와 헤어져서 자기 방으로 향했다.

자기 수건과 갈아입을 옷을 들고 욕실로 향했다.

탈의실 앞에 서 있으니 금세 아리사가 다가왔다.

"……기다렸죠."

"아니, 지금 왔어."

그리고 유즈루와 아리사는 얼굴을 마주 보고 천천히 끄덕였다.

——들어가자.

※

"자…… 어떻게 할까."

"그, 그러네요. ……어떻게 할까요."

두 사람은 탈의실로 들어가더니 그런 말을 시작했다.

어떻게 하기는, 해답은 하나다.

"이, 일단…… 벗을까."

"아, 그러네요!"

유즈루의 말에 아리사는 끄덕였다.

하지만 아리사는 전혀 옷을 벗는 기색을 보이지 않았다.

가만히 유즈루를 바라보고 있었다.

"왜 그래?"

"……벗겨주지 않겠어요?"

"……어?"

아리사의 말에 유즈루는 무심코 목소리를 높였다.

하지만 아리사는 유즈루를 빤히 바라봤다.

"……안 될까요?"

"아니…… 안 되는 건 아니야. 조금 놀랐을 뿐이야……."

유즈루는 그렇게 대답하고는 아리사가 입고 있는 전통식 옷의 띠에 손을 댔다.

띠가 풀리고, 옷깃이 벌어지자…… 아리사의 하얀 피부가 드러났다.

"그럼…… 벗길게."

"……예."

유즈루는 옷을 붙잡고 아래쪽으로 내리듯이 해서, 아리사의 어깨와 팔에서 소매를 빼냈다.

검은 속옷만 입은 모습이 되었다.

"……어울리네."

유즈루가 그렇게 말하자 아리사는 부끄러운 듯 얼굴을 돌렸다.

"가, 갑자기 무슨 소린가요……."

"아, 아니, 말하는 편이 나을까 싶어서…… 그럼 안 됐나?"

"……안 될 것까지는 아닌데요."

아리사는 그러면서 입술을 삐죽였다.

화가 났다기보다는 부끄러운 심정을 얼버무리려는 것처럼 보였다.

"그럼 다음은 아리사 차례네."
"……제 차례?"
"……순서대로 벗겨주는 걸까 해서."
유즈루는 뺨을 긁적이며, 어리둥절한 표정인 아리사에게 말했다.
"저기…… 아니었어?"
"어, 아뇨…… 그런 취지로 한 말은 아니었지만, 괜찮아요."

아리사는 그러면서 고개를 끄덕이더니 유즈루의 발밑에 쪼그려 앉았다.
띠에 손을 대고, 풀었다.
그리고 일어서서 유즈루의 어깨에 손을 얹었다.
"……벗길게요."
"응, 부탁할게."
유즈루의 말에 아리사는 대답하듯 끄덕이더니 옷을 아래로 끌어내렸다.
유즈루는 옷에서 팔을 빼냈다.
서로 속옷뿐인 모습이 되었다.
"……."
"……."
잠깐의 침묵 후, 유즈루는 입을 열었다.
"다음은 내 차례인가?"
하지만 아리사는 당황한 모습으로 손을 앞으로 내밀어

유즈루를 막았다.
"잠깐, 기, 기다려요!"
"저기……."
"마, 마음의 준비가……."
아리사는 얼굴을 새빨갛게 물들이며 말했다.
부끄러운 것은 물론, 지독히 긴장한 모양이었다.
"……그만할까?"
유즈루로서는 아리사와 같이 목욕하고 싶었다.
하지만 아리사에게 상처를 주거나 부담을 가하는 사태는 바라는 바가 아니었다.
그렇기에 건넨 제안이었지만 아리사는 크게 고개를 가로저었다.
"여, 여기까지 와서, 그만둘 수 없어요."
아리사는 강한 말투로 그렇게 말했다.
"조, 조금만…… 시간을 줘요."
마음의 준비를 하기 위한 시간이 필요한 듯했다.
하지만 언제까지고 속옷차림으로 있는 것은, 조금 추웠다.
그렇다면 싶어서 유즈루는 다른 제안을 하기로 했다.
"……그럼 나부터 먼저 벗겨주겠어?"
"그, 그렇군요. 알겠어요."
아리사는 끄덕이더니 유즈루의 속옷에 손을 댔다.
그리고 유즈루를 바라봤다.
"팔을 앞으로 내밀어 주겠어요?"

"이렇게?"

"예."

유즈루가 손을 앞으로 내밀자 아리사는 속옷을 위로 올리기 시작했다.

그리고 뒤집는 것 같은 모양새로 앞으로 가져가서, 유즈루의 팔부터 빼냈다.

"……아래쪽도 부탁해도 될까?"

유즈루는 아리사에게 물었다.

그러자 아리사는 고개를 크게, 몇 번이고 가로저었다.

"아, 안 돼…… 안 돼요!"

"그럼, 네가 벗을래?"

유즈루가 그렇게 묻자 아리사는 잠깐의 침묵 후, 작게 끄덕였다.

"……부탁할게요."

"알았어."

유즈루는 팔을 아리사의 등 쪽으로 두르고, 브래지어……의 후크로 손을 뻗었다.

하지만 긴장해서 손이 떨려 제대로 풀지 못했다.

"……할 수 있겠어요?"

"어, 어어! 무, 물론이야…… 조, 조금만 기다려줘……!"

"도망치진 않으니까 차분하게 해요."

허둥대는 인간을 보면 냉정해지는 현상이 발생하는 것일까?

허둥대는 유즈루와는 대조적으로 아리사의 목소리는 의외로 냉정했다.

다행히도 그만큼 수고를 들이지는 않고, 금세 찰칵 소리가 나며 후크가 풀렸다.

그러고는 어깨끈을 하나씩 조심스럽게 벗겼다.

컵을 가슴에서 떼어내자 아리사의 부드러운 유방이 드러났다.

지지할 곳을 잃고도 그것은 형태가 무너지지 않고 뾰족하게 위를 향하고 있었다.

"응……."

아리사는 얼굴을 새빨갛게 물들이고 고개를 옆으로 돌렸다.

"다음은…… 네가 벗겨주는 걸로 괜찮을까?"

"예…… 물론이에요."

아리사는 끄덕이더니 유즈루의 속옷에 손을 댔다.

"내, 내릴 테니까요……."

"……응."

유즈루의 대답을 듣고 아리사는 그의 속옷을 아래로 내렸다.

유즈루는 자신의 하반신이 바깥 공기와 닿는 것을 느꼈다.

"어—, 그게, 아리사. ……괜찮아?"

한 손으로 얼굴을 가린 아리사에게 유즈루는 물었다.

아리사는 그 물음에 대답하지 않고, 천천히 거리를 벌리고 일어섰다.

그리고 살짝 손가락 틈새를 벌렸다.

그곳으로 비취색 눈동자가 이쪽을 살폈다.

"미, 미안해요. 사, 상상과 달라서…… 깜짝 놀랐어요."

"……상상?"

"아까, 본 것과 달랐으니까."

아까, 본 것.

그것은 비디오에 나온 유즈루를 말하는 것이리라.

갓난아기 때와 지금은, 전혀 다른 것은 당연한 일이다.

"그, 그런가. ……저기—, 아리사."

"……예."

"언제까지고 알몸으로 있는 건 추우니까…… 괜찮을까?"

"……그, 그래요."

아리사는 고개를 돌리며 작게 끄덕였다.

허가를 얻은 유즈루는 아리사의 하의에 손을 댔다.

신중하게 밑으로 끌어내렸다.

이것으로 서로 실오라기 하나 걸치지 않은 모습이 되었다.

"……."

"……."

아리사는 부끄러운 듯 고개를 돌리면서도, 하지만 손으로 중요한 부분을 가리는 행동은 하지 않았다.

한편 유즈루는 노골적으로 눈을 피하는 것도 이상하겠다고 생각하면서도 차마 응시할 수도 없어서, 결과적으로 눈을 우왕좌왕 헤매며 쓸데없이 수상한 움직임을 취하고 말았다.

"저, 저기…… 아리사."

"……예."

"평범한 말이 되어버릴지도 모르겠지만……."

유즈루는 뺨을 긁적이며 말했다.

"……정말 예뻐."

"……고마워요."

유즈루의 말에 아리사는 조금 기쁜 듯 표정이 풀어졌다.

"저, 저기…… 그게, 유즈루 씨도…… 멋있다고, 어, 아니, 그게 아니지…… 아뇨, 아닌 건 아닌데……."

아리사도 마찬가지로 유즈루를 칭찬하고자 몇 번이고 말을 골랐다.

그리고 최종적으로는 유즈루를 바라보고 말했다.

"무척 늠름하다고…… 생각해요."

"고마워."

그리고 두 사람은 함께 욕실로 시선을 향했다.

그리고 서로 마주 보고, 함께 끄덕였다.

——들어가자.

※

유즈루와 아리사는 각자 수건으로 몸을 최소한 가리며

욕실로 들어갔다.

여기까지 왔다면 부끄럽고 뭐고 없을 테지만…….

아무래도 수줍은 기분이 들어서, 두 사람은 얼굴을 마주 보고 웃었다.

"저기…… 그럼 서로 씻겨주는 느낌으로…… 괜찮을까요?"

"그러네. 그럼 그게, 나부터…… 부탁해도 될까."

"알겠어요."

유즈루가 목욕탕 의자에 앉자 아리사는 그 뒤에 쪼그려 앉고 샤워기 헤드를 손에 들었다.

"우선은 머리에 물부터 뿌릴게요."

그러더니 아리사는 다정한 손놀림으로 유즈루의 머리카락에 물을 뿌렸다.

그리고 유즈루에게 물었다.

"유즈루 씨는 평소에 머리부터 씻나요? 아니면 몸부터?"

"몸부터 씻을까."

"알겠어요."

아리사는 스펀지를 손에 들더니 비누로 가볍게 거품을 냈다.

그리고 유즈루의 등을 문지르기 시작했다.

"어떤가요? 기분 좋나요?"

"응, 기분 좋아."

너무 강하지 않고 너무 약하지도 않은 힘 조절로 아리사는 유즈루의 등을 씻겨주었다.

대략 전체를 모두 씻은 타이밍에 아리사는 입을 열었다.

"그럼, 그게…… 앞을, 씻을게요."

아리사는 그러면서 팔을 유즈루 앞으로 둘렀다.

결과적으로 등 뒤에서 유즈루를 끌어안는 것 같은 모양새가 되었다.

부드러운 둔덕이 등에 닿는 것을 유즈루는 느꼈다.

"어떤가요?"

아리사가 손을 움직일 때마다 등에 닿는 부드러운 것이 움직였다.

노리고서 하는 것은 아니냐며 유즈루는 생각했지만, 거울에 비치는 아리사의 얼굴은 진지 그 자체였다.

"괜찮은 느낌, 일까?"

"그건 잘됐네요."

그러다가 아리사의 손이 멈췄다.

"……아리사?"

"그게, 아래쪽은…… 직접 부탁할게요."

아무래도 머리 이외의 상반신은 모두 씻겼나 보다.

유즈루는 아리사에게서 스펀지를 받아들었다.

"어, 물론이야!"

유즈루는 평소보다도 공들여서 하반신을 씻었다.

"……머리를 감을게요."

다음으로 아리사는 양손으로 샴푸를 거품 내더니 유즈루의 머리카락에 묻혔다.

꼼꼼하게 두피를 문지르며 감기기 시작했다.

"가려운 곳은 없나요?"

"딱히 없을까."

"그럼, 다행이네요. ……됐다."

아리사는 샤워기로 유즈루의 머리에서 거품을 씻어 내렸다.

"그럼 다음은 린스를……."

"아니, 그 샴푸는 린스도 되니까 괜찮아."

"어머, 그런가요. 제대로 린스는 따로 사용하는 편이 낫다고 생각하는데……."

아리사는 그러면서도 수도꼭지를 돌려서 물을 잠갔다.

유즈루는 일어서서 아리사 쪽으로 돌았다.

"그럼 교대……."

"꺅!"

아리사는 얼굴을 양손으로 덮었다.

"가, 갑자기 일어서지 말아요!"

"미, 미안해……."

"……정말이지!"

아리사는 얼굴을 새빨갛게 물들이며 의자에 앉았다.

유즈루는 샤워기 헤드를 손에 들고 아리사에게 물었다.

"어떤 느낌으로 씻어?"

"우선은 샴푸를 하고, 그리고 린스를 하고, 마지막으로 몸을 씻어요."

“그렇구나. 이게 아리사가 가져온 거지?”

유즈루는 아리사가 집에서 가져온 샴푸와 린스, 바디클렌저를 가리켰다.

아리사는 끄덕였다.

“예. 그럼 부탁해요.”

유즈루는 고개를 끄덕이고 우선 아리사의 머리카락에 물을 뿌렸다.

그리고 샴푸 거품을 냈다.

“오오…… 아리사 냄새가 나.”

“뭐, 항상 쓰니까요.”

부끄러워하는 아리사의 머리카락에 유즈루는 거품을 묻히고 감기기 시작했다.

우선은 두피를 문지르고, 그리고 공들여서 머리카락을 감았다.

“어때? 이렇게 긴 머리카락을 감긴 적은 없으니까, 잘 되고 있는지 알 수가 없는데…….”

“나쁘지 않은 느낌이에요. 그대로…… 부탁할게요.”

딱히 문제는 없는 모양이었으니까, 유즈루는 그대로 아리사의 머리카락을 계속 감았다.

마지막으로 샤워기로 거품을 씻어 내리고, 이번에는 린스를 손에 들었다.

“린스는…… 어떤 느낌으로 쓰면 될까?”

“머리카락 끝부터 전체에 풀어내는 느낌으로. ……두피

에는 닿지 않게 해줘요."
"알았어."
유즈루는 아리사의 머리카락을 한 올씩 빗는 이미지로 린스를 했다.
미술품처럼 아름다운 머리카락을 다루는 것은 아무래도 긴장이 되어버린다.
"두피에 살짝 묻어버렸는데…… 어떻게 하지?"
"조금이라면 괜찮아요. 딱히 저도 항상 그렇게까지 신경질적으로 하는 건 아니니까요."
유즈루는 매번 아리사에게 상황을 물어보며, 머리카락에 공들여 린스를 했다.
그리고 마지막으로 샤워기로 제대로 씻어 내렸다.
"머리카락은 이걸로 될까?"
"예. 그럼, 그게…… 몸, 부탁할게요."
"알았어."
스펀지를 손에 들고 유즈루는 끄덕였다.
비칠 듯이 희고 매끄러운 피부에 유즈루는 스펀지를 댔다.
그리고 부드럽게, 깨지는 물건을 다루듯이 문질렀다.
"어때?"
"조금 더 강해도 돼요."
"이러면 될까?"
"예, 좋은 느낌이에요."
유즈루는 꼼꼼하게 아리사의 자그마한 등의 때를――그

래 봐야 때 같은 것은 보이지 않지만—— 씻어냈다.

면적이 좁으니까 등은 금세 모두 씻었다.

"그럼 다음은…… 손을 들어주겠어?"

"이렇게요?"

아리사가 만세를 한 것을 확인하고 유즈루는 그녀의 겨드랑이에 스펀지를 댔다.

그러자 아리사는 몸을 가늘게 떨었다.

"자, 잠깐…… 가, 간지러워요……."

"참아줘."

간지러운 듯 아리사는 몸을 비틀었다.

아리사는 간지러워서 힘들지도 모르겠지만, 유즈루도 이상한 기분이 들려는 것을 참느라 필사적이라 정신적인 여유는 없었다.

"끝났어. 다음은……."

"앞쪽, 부탁할게요."

아리사는 작은 목소리로 말했다.

유즈루는 고개를 끄덕이고 긴장하면서도 팔을 아리사의 몸 앞쪽으로 둘렀다.

쇄골 조금 아래에 스펀지를 얹었다.

목둘레를 문지른 다음, 그 아래에 있는 산을 따라서 스펀지를 움직였다.

"응……."

정점을 문지르는 것과 동시에, 아리사의 입에서 작은 목소리가 새어 나왔다.

유즈루는 그것을 못 들은 척하며 아리사에게 물었다.

“이런 느낌이면 될까?”

“예. ……계곡이랑 가슴 아래도, 부탁해요. 땀이 쉽게 차니까요.”

유즈루는 아리사의 말 그대로, 계곡으로 스펀지를 스르륵 밀어 넣었다.

그러고는 가슴을 아래쪽에서 들어 올리고 그 밑을 깨끗이 씻었다.

“유즈루 씨…….”

“왜?”

“……무척 꼼꼼하게 씻기네요.”

가슴을 너무 만지는 것 아니냐.

그런 지적에 유즈루는 황급히 손을 뗐다.

“어, 아, 미안해.”

“후후…… 농담이에요.”

유즈루의 반응이 재미있었는지 아리사는 작게 웃었다.

“유즈루 씨, 정말로 좋아하는걸요.”

“아니, 딱히 그런 의도가 있었던 게…….”

땀이 쉽게 찬다.

그렇게 말하니까 꼼꼼하게 씻겼을 뿐이지, 가슴을 만지고 싶었던 것은 아니다.

“괜찮아요. 화난 거 아니니까.”

하지만 유즈루의 그런 말은 변명으로 들렸나 보다.

유즈루는 오해를 풀고 싶었지만…… 이 이상 말을 거듭해도 더더욱 변명처럼 들린다고 생각해서, 입을 다물기로 했다.

가슴에서 복부로, 꽉 조인 허리와 귀여운 배꼽을 중심으로 스펀지를 움직였다.

다음으로 유즈루는 아리사의 허벅지로 스펀지를 댔다.

"어……?"

이것에는 조금 놀랐는지 아리사는 곤혹스러운 목소리를 높였다.

유즈루는 그런 아리사에게 태연한 표정을 지었다.

"왜 그래, 아리사."

"……아뇨, 아무것도 아니에요."

위쪽과 바깥쪽의 측면을 씻었다.

그리고 유즈루는 조금 전에 떠오른 '앙갚음'을 실행하기로 했다.

"다리, 벌려줘."

"예? ……그, 그게, 나머지는 직접……."

"빨리."

"저기……."

"안 벌리면 씻을 수가 없잖아?"

유즈루는 아리사의 귓가에 속삭이듯이 말했다.

거울에 비치는 아리사는 당황한 기색을 드러냈지만 끝

내 고개를 숙였다.
"아, 예……."
아리사는 손으로 중요한 부분을 가리며 다리를 살짝 벌렸다.
유즈루는 그런 아리사의 다리 안쪽을 부드럽게, 쓰다듬듯이 씻겼다.
"그, 그게, 유즈루 씨. 이, 이 이상은……."
다리를 꾸물꾸물 움직이며 아리사는 말했다.
싫다는 표정……은 아니었다.
손을 치우라고, 그렇게 말하면 치워줄 것 같은 기척이 그곳에는 있었다.
하지만 이 이상은 유즈루의 이성이 못 버틴다.
"그럼 나머지는 직접 해."
"……예."
아리사는 조금 아쉽다는 표정을 지으면서도 스펀지를 받아들었다.
그러고는 남은 장소를 꼼꼼하게 씻었다.
"끝났어요."
샤워기로 거품을 씻어 내린 뒤, 아리사는 일어섰다.
"욕조, 들어갈까."
"예."
두 사람은 마주 보고서 욕조로 들어갔다.
아리사는 부끄러운 듯 양손으로 사타구니를 가리고 있

었다.

처음에는 유즈루도 다리를 오므려서 가리고는 있었지만…….

중간부터 '가리는 것은 남자답지 않다'라는 생각에 이르러서, 당당하게 다리를 벌렸다.

그러자 아리사는 눈을 크게 떴다.

겸연쩍은 듯 눈을 피했다.

"물 온도는 어때? 나는 딱 좋은데."

"그, 그러네요. 저도 딱 좋다고 생각해요……."

아리사는 얼굴을 피하면서도 이쪽을 흘끗흘끗 봤다.

부끄럽지만, 신경 쓰인다.

그런 표정이었다.

"진정이 안 돼?"

"그, 그러, 네요."

"그럼 텔레비전이라도 볼까?"

유즈루는 그러면서 아리사의 등 뒤에 설치되어 있는 스크린을 가리켰다.

무척 드문 물건이기는 하지만, 유즈루의 집 목욕탕에는 텔레비전이 설치되어 있는 것이었다.

아리사는 조금 안도한 표정을 짓더니 뒤를 돌아봤다.

"이거, 조금 신경 쓰였어요. ……어떻게 조작하나요?"

"리모컨이 있거든."

"꺄!"

유즈루가 그러면서 일어서자 아리사는 얼굴을 양손으로 가렸다.
그리고 손가락 틈새로 유즈루를 노려봤다.
"가, 갑자기 일어서지 말아요! 까, 깜짝 놀랐잖아요!!"
"이제 그만 익숙해질 때도 되지 않았어?"
유즈루는 쓴웃음 지으면서도, 욕실 선반 위에 놓여 있는 리모컨을 들었다.
당연히 리모컨도 방수였다.
"방송 중인 프로그램이랑……, 그리고 인터넷 연결도 되어 있으니까 동영상 사이트도 볼 수 있어. 뭔가 보고 싶은 거, 있어?"
"……고양이 영상이라든지, 볼 수 있나요?"
"볼 수 있어."
유즈루는 리모컨을 조작해서 동영상 사이트에 접속했다.
검색 기능을 이용해서 고양이 영상을 선택했다.
그러자 화면에 귀여운 새끼고양이 영상이 나오기 시작했다.
"와아……!"
아리사는 기쁜 듯 텔레비전을 보기 시작했다.
잡아먹을 듯이 새끼고양이의 모습을 바라봤다.
그 모습은 영상에 몰두하고 있다기보다도 의식을 피하려 하는 것처럼 보였다.
"아리사."

"햐읏!"
그런 아리사를 유즈루는 뒤에서 끌어안았다.
아리사는 등줄기를 크게 쫙 폈다.
"조금 떨어져서 보자."
"아, 예. 그러네요."
유즈루는 아리사를 끌어안은 채, 천천히 뒤로 물러났다.
텔레비전에서 가능한 거리를 벌렸다.
"저, 저기, 유즈루 씨."
"왜, 아리사?"
"그게, 욕조, 넓으니까…… 여, 옆에 있어도 되지 않나요?"
억지로 달라붙을 필요는 없지 않으냐.
아리사는 유즈루에게 그리 제안했다.
유즈루는 그런 아리사에게 반대로 물었다.
"안겨 있는 건 싫어?"
"시, 싫지는 않지만……."
"그럼 괜찮잖아. 자……."
"꺅!"
유즈루는 아리사를 가볍게 들어 올렸다.
그리고 자기 무릎 위에 앉혔다.
"그, 그게, 유즈루 씨. 다, 닿는다고 할까……."
"나는 신경 안 써."
"그, 그게 아니라, 제가……."
"자, 텔레비전 보자."

"저, 정말……."

아리사는 체념했는지 또다시 텔레비전을 보기 시작했다.

유즈루는 아리사가 저항하지 않게 된 것을 기회로 스킨십을 시작했다.

머리카락을 쓰다듬거나, 가슴을 가볍게 만져보거나, 귓가에 사랑을 속삭여보거나.

그럴 때마다 아리사는 작게 몸을 떨었다.

점점 아리사의 숨결에 열기가 실리기 시작했다.

"……유즈루, 씨."

"아리사……."

새빨갛게 달아오른 얼굴로 아리사는 유즈루를 올려다봤다.

유즈루는 그런 아리사의 입술을 막았다.

깊고 긴 입맞춤.

"유즈루 씨. 저……."

"나가면…… 계속할까?"

유즈루가 그렇게 묻자 아리사는 작게 끄덕였다.

목욕 후에 옷을 갈아입고, 두 사람은 유즈루의 방에 이불을 둘 깔았다.

"……자기에는 조금 빠르네요."

아리사는 시계를 흘끗 보고는 그렇게 말했다.

시각은 21시 반.

평소 두 사람의 취침 시간을 생각하면 무척 빨랐다.

"밤은 긴 게 좋겠지?"
"후후, 그러네요."
유즈루의 말에 아리사는 입에 손을 대고서 웃었다.
"그, 그런데…… 유즈루 씨. 여기까지 와서…… 말하기는 늦었을지도 모르겠지만……."
"무슨 일이야?"
"그, 그게, 가지고 있나요? 저, 저는 안 가지고 왔는데……."
아리사는 부끄러운 듯, 하지만 조금 불안하다는 표정으로 유즈루에게 물었다.
유즈루는 무심코 고개를 갸웃거렸지만 금세 손뼉을 쳤다.
"아…… 괜찮아. 있어."
유즈루는 그러더니 품에서 그것을 꺼내어 보여줬다.
아리사의 얼굴이 점점 빨개졌다.
"그, 그런가요. 다행이네요…… 응."
안도한 표정을 짓는 아리사의 입술을 유즈루는 억지로 빼앗았다.
힘껏 끌어안고, 손을 붙잡고, 쓰러뜨렸다.
"아리사…… 최후의 확인인데, 괜찮겠어?"
유즈루가 그렇게 묻자 아리사는 얼굴을 돌렸다.
"새삼스럽게…… 그건 멋없어요."
"그러네. 미안해."
유즈루는 다시 한번 아리사의 입술을 빼앗았다.

"응…… 유즈루 씨. 그게……."

"뭐야?"

아리사는 새빨간 얼굴로 속삭이듯 말했다.

"다정하게…… 부탁해요."

"물론이야……!"

두 사람은 벌꿀처럼 달콤한 밤을 보냈다.

다음 날 아침.

"유즈루 씨. ……일어나요."

"응…… 아리사?"

유즈루는 아리사의 목소리에 눈을 떴다.

눈을 뜨자 전통식 옷을 걸치고만 있는 모습의 약혼자가 들여다보고 있었다.

"좋은 아침이에요."

"어…… 안녕."

아침 인사를 나누었다.

그리고 유즈루는 아리사를 끌어안고는 입맞춤했다.

갑작스러운 입맞춤에 놀랐는지 아리사는 눈을 끔벅거렸다.

"유, 유즈루 씨……?! 이, 이미 아침이라고요?"

"……하지만 시간은 남아 있으니까."

"그, 그건……."

"싫어?"

유즈루가 그렇게 묻자 아리사는 작게 고개를 가로저었다.
"싫지…… 않아요."
"그럼 결정이네."
이리하여 두 사람은 학원 아침 수업에 지각했다.

※

일주일 뒤.
""""다녀왔어.""""
"""어서 오세요."""
유즈루의 가족이 해외여행에서 돌아온 것은 밤도 늦은 시각이었다.
"미안하구나. 일주일 만에 돌아와 버려서."
놀리는 사요리의 말에 아리사는 쓴웃음을 지었다.
한편 유즈루는 무척 진지한 표정으로 크게 끄덕였다.
"정말이야. ……앞으로 2주 정도 더 여행해도 되는 거 아냐?"
"어른은 그렇게나 쉴 수가 없는 거야."
사요리는 그러더니 유즈루의 귓가에 속삭이듯 물었다.
"도가 지나치진 않았지?"
사요리의 물음에 유즈루는 잠시 생각하고는 대답했다.
"지나쳤지만, 아예 넘어가면 안 되는 건 안 넘었어."
"어머…… 잘도 말하는구나."

사요리는 감탄한 듯 말했다.
그리고 아리사를 돌아봤다.
"……아무 일도 없었지?"
"예."
"그래, 다행이야."
사요리는 어딘가 안도한 표정을 지었다.
젊은 두 사람을 두고 가는 것은 보호자로서 조금 걱정이었을 것이다.
"짐, 옮기는 거 도와줄게."
"저도 도와드릴게요."
유즈루와 아리사는 차에서 짐을 내리는 것을 도왔다.
선물도 있으니까 여행을 갈 때보다는 조금 늘어났다.
"나…… 졸리니까, 잘래……."
짐을 집 안으로 모두 들이자, 아유미는 눈을 비비며 휘청휘청 자기 방으로 가버렸다.
사요리는 그런 아유미의 등을 향해 "이는 닦으렴" 하고 말을 건넸다.
그런 아내와 딸의 모습에 카즈야는 쓴웃음 짓고, 유즈루와 아리사를 돌아봤다.
"오늘은 이만 늦었다. ……쌓인 이야기는 내일로 하면 될까?"
그날은 바로 잠자리에 들게 되었다.

※

그날 심야.

"어라, 유즈루 씨……."

아리사가 툇마루에서 달을 바라보고 있었더니 남성 하나가 다가왔다.

처음에 아리사는 유즈루라고 생각했지만, 바로 아니라는 것을 깨달았다.

"……카즈야 씨?"

나타난 것은 유즈루의 아버지, 카즈야였다.

유즈루로 착각을 당한 카즈야는 턱에 손을 대며 물었다.

"음, 그래. ……그렇게나 젊어 보이나?"

"어…… 그게, 밤이라 어두워서…… 역시 닮으셨어요."

"젊어 보인다는 건 긍정해주지 않나……."

카즈야는 침울한 모습으로 어깨를 떨어뜨렸다.

아리사는 황급히 얼버무렸다.

"아뇨, 전혀요! 무척 젊어 보이신다고…… 생각한다고요?"

"어, 응. 괜찮아…… 그런 나이가 아니라는 자각은 있어."

카즈야는 그러면서, 조심스럽게 아리사에게서 조금 거리를 둔 곳에 앉았다.

그러고는 아리사에게 물었다.

"왜 이런 시간에?"

"……잠이 깨버려서요. 저기, 카즈야 씨는?"

"시차 탓에 잠이 안 와서…… 내일은 휴일이라 다행이군."
그러면서 카즈야는 어깨를 으쓱였다.
그리고 잠시 침묵한 뒤, 아리사에게 물었다.
"조금 이야기를 나누어도…… 될까?"
"예."
"고맙다. ……뭐, 혼잣말이라 생각하고 흘려들어도 되니까."
카즈야는 그렇게 말한 뒤, 이야기를 시작했다.
"아들과 잘 지내줘서, 좋아해 줘서, 고맙게 생각하고 있다."
"아뇨! 저야말로…… 유즈루 씨한테 도움만 받을 뿐이에요."
아리사는 고개를 가로저으며 말했다.
그렇다, 아리사는 유즈루에게 도움만 받을 뿐이었다.
받은 은혜를 미처 갚지 못했다.
"그만큼 유즈루는 널 좋아한다는 거야. 그리고 너는 그 마음을 받아주었지. 부모로서는 이렇게나 고마운 일은 없어. ……정략결혼이라는 걸 생각하면, 더더욱 말이다."
정략결혼.
그 말에 아리사는 무심코 입을 다물었다.
한편 카즈야는 살짝 후회하는 듯한 표정으로 중얼거렸다.
"나는 유즈루를 후계자로서 낳았다."
"저기, 그건……."

"아들로서 사랑한다는 건 틀림없어. 하지만 그 전에 저 아이는 타카세가와 가문의 차기 당주이고, 나는 현 당주지."

그리고 작게 한숨을 내쉬었다.

"아유미도 그렇지만…… 무척 참한 아이들이야. 자신의 입장을 잘 이해하고 있어. 뭐, 그런 식으로 길렀으니까 당연하겠지만……."

"그런, 가요……."

아리사는 카즈야의 말에 어떻게 반응하면 좋을지 알 수 없었다.

카즈야는 계속 이야기했다.

"아들이 제멋대로 굴었던 건…… 너와 관련된 일 정도야."

"저기, 그, 그건…… 죄송합니다."

"아니, 사과할 것 없어. 난 그걸 기쁘게 느끼니까 말이다."

아리사가 머리를 숙이자 카즈야는 기쁜 듯 웃었다.

"유즈루가 진정한 의미로 마음을 허락하는 건, 너뿐이야."

"그렇게 말해주시는 건 기쁘지만…… 그렇지는 않다고 생각한다고요?"

지나친 과대평가다.

아리사는 카즈야의 말을 그렇게 부정했다.

확실히 아리사는 유즈루의 약혼자이자 특별한 관계다.

하지만 유즈루에게는 소꿉친구나 다른 친구들도 있다.

적어도 인연은 그들이 더 길 것이다.

"타치바나 아야카. 우에니시 치하루. 사타케 소이치로.

료젠지 히지리. 그리고…… 나기리 텐카. 이 정도일까? 너희의 공통적인 친구는."

아리사의 속마음을 꿰뚫어 보듯, 카즈야는 유즈루와 아리사의 공통적인 친구들을 열거했다.

아리사는 작게 끄덕였다.

"예, 그래요. 친하게 지내고 있어요. 물론 유즈루 씨와도……."

"하지만 그들은 친구이기 전에, 각각의 가문 후계자나 관계자 아니냐?"

카즈야의 말에 아리사는 입을 다물었다.

그들의 입장은 각자 미묘하게 다르지만, 유즈루와 마찬가지로 가문의 간판을 짊어지고 있다.

"친구 사이겠지. 손을 맞잡을 때도 있겠지. 하지만 서로 활을 겨눌 때도 있다."

"그건……."

아리사는 그 말을 부정할 수 없었다.

가문 사이에 복잡한 이권이나 대립의 역사가 있다는 사실을 유즈루에게 들었으니까.

"하지만 아유미가……."

"그 아이는 출가한다."

"……!"

동생이라도, 혈육이더라도 반드시 마음을 허락하지는 않는다.

카즈야는 그렇게 단언했다.

"물론 나로서는 남매가 친하게 지낸다면 좋겠지만…… 타카세가와 가문의 역사상, 태어나서 죽을 때까지 형제지간의 사이가 좋았던 사례는…… 나빴던 사례보다 적어. 안타깝게도 말이다."

"그런……가요."

"뭐, 유산 상속 같은 게 엮여 있으니까. ……내가 전쟁 준비를 하고 있듯이, 내 동생도 전쟁 준비를 하고 있겠지."

"……."

"물론 준비만 할 뿐이지, 진짜로 맞붙는 것은 최대한 피할 생각이지만 말이다. 형제는 사이좋게 지내는 게 최고야. 어부지리로 남에게 빼앗기는 것만큼 어리석은 일은 없으니까."

카즈야는 즐거운 듯 웃었다.

아리사는 거의 웃지 못했다.

"유즈루에게, 절대로 배신하지 않는 아군은 너뿐이다."

"그런……가요."

"그렇다마다."

카즈야는 크게 끄덕였다.

"그러니까 곁에 있는 것만으로, 너는 유즈루의 힘이 되고 있어."

"……그런 걸까요."

"그런 거야. 아직은 모를 테지만."

하고 싶은 이야기는 모두 했다.

그러듯이 카즈야는 일어섰다.

"그럼, 앞으로도 아들을 잘 부탁하마."

그러고는 떠났다.

아리사는 그런 카즈야의 뒷모습을 바라봤다.

"곁에 있는 것만으로……."

그런 것일까?

아리사는 고개를 갸웃거렸다.

아리사는 카즈야의 말을 미처 실감하지 못했다.

적어도, 지금은 아직.

## 후기

오랜만입니다. 사쿠라기 사쿠라입니다.

정신이 드니 이 시리즈도 7권이 되었습니다.

1권부터 3권은 두 사람이 만나고, 가짜 약혼자 관계에서 진짜 약혼자가 되는 이야기였습니다.

4권부터 6권은 두 사람이 약혼자로서의 인연을 다지고, 또한 가치관의 차이를 메워나가는 이야기였다고 생각합니다.

그리고 7권에서는 이런저런 의미로 두 사람이 이어지고, 그저 애인이 아니라 부부로서 서로를 떠받치며 도울 수 있는 관계가 되는…… 그 준비를 끝낼 때까지의 이야기였습니다.

준비가 끝난 이상, 이제는 결혼해서 생명을 다음으로 잇는 것뿐이겠죠.

다음 권에서 그것을 모두 쓸 수 있다면, 이 시리즈에서 쓸 수 있는 것을 최대한 보여드리는 형태가 될 것입니다.

그러니까 본 시리즈는 다음 권으로 마지막이 될 예정입니다.

이번에는 후기에 살짝 여유가 있으니까 7권의 구체적인 내용을 건드려 보겠습니다.

우선 1장의 크리스마스 편입니다만, 이쪽은 본래 6권의 마지막으로 할 예정이었습니다. 다만 밸런스가 그다지 좋지 않아서 7권 앞으로 가져왔습니다. 결과적으로는 좋은 판단이었을까 생각합니다. 다음으로 2장, 새해입니다. 3권이나 뒷장과 내용이 겹치지 않도록 유즈루의 방에서 보내게 되었습니다. 또한, 새해답게 동시에 좋은 느낌으로 알콩달콩할 수 있는 놀이로 두 사람에게는 하네츠키를 시켰습니다. 얼굴에 낙서를 하는 전개는 개인적으로는 좋다고 느꼈기에, 다른 기회에 또 그리고 싶네요.

다음으로 3장, 밸런타인과 화이트데이입니다. 개인적으로 '애인사이'의 양대 이벤트는 러브코미디에서 피해야 할 것 중 하나라고 생각합니다. 역시나 과연 초콜릿을 받을 수 있을지가 가장 두근두근하는 포인트라고 생각하니까……. 사귀고 있다면 받을 수 있잖아? 그렇게 되어버리는 것 같습니다. 다만 '애인사이'이기에 가능한 알콩달콩도 있을까, 그런 생각도 있습니다. 이번에는 그것을 그릴 수 있었을까요.

마지막으로 4장입니다. 마지막 장면에 대해서 자세한 언급은 피하겠습니다만, 이 부분의 장면은 『맞선』 당초의 구상단계부터 있었던 장면이었으니까, 무사히 적을 수 있어서 잘 되었다고 생각합니다.

그럼 슬슬 감사를 드리겠습니다.

일러스트를 담당해주시는 clear 님, 이번에도 멋진 일러스트 감사합니다.

이 책에 관여해주신 모든 분, 무엇보다 이 책을 구입해 주신 독자 여러분께 감사를 드립니다.

그럼 마지막 권에서 또 뵐 수 있기를 기도하겠습니다.

# 맞선보고 싶지 않아서 억지스러운 조건을 달았더니 동급생이 온 일에 대해서 7

2024년 11월 15일 1판 1쇄 발행

저　　자 사쿠라기사쿠라
일러스트 clear
옮 긴 이 손종근
발 행 인 유재옥
담당편집 정영길

이　　사 조병권
출판본부장 박광운
편집 1팀 박광운
편집 2팀 정영길 조찬희 박치우 정지원
편집 3팀 오준영 이소의 권진영
디자인랩팀 김보라 차유진
디지털사업팀 박상섭 김지연 윤희진
라이츠사업팀 김정미 맹미영 이윤서
영업마케팅팀 최원석 이다은
물 류 팀 허석용 백철기
경영지원팀 최정연
발 행 처 ㈜소미미디어
인쇄제작처 코리아피앤피
등　　록 제2015-000008호
주　　소 서울시 마포구 토정로222, 502호(신수동, 한국출판콘텐츠센터)
판　　매 ㈜소미미디어
전　　화 편집부 (070)4164-3962, 3963 기획실 (02)567-3388
판매 및 마케팅 (070)4165-6688, Fax (02)322-7665

ISBN 979-11-384-3088-3 04830
ISBN 979-11-384-0312-2 (세트)